女も戦争を担った

～昭和の証言～

川名紀美

河出書房新社

女も戦争を担った〜昭和の証言〜

復刊によせて

二〇二二年二月、ロシアがウクライナに侵攻した。

ある日突然、集合住宅にミサイルが撃ち込まれ、学校や病院、劇場、教会などの民間施設が次々に爆撃された。多数の一般市民が命を奪われた。

ソビエト連邦崩壊後、ウクライナは独立国として民主主義への道を歩いてきた。ロシアが掲げた侵略の大義は「ウクライナ東部に住む自国民を守る」こと。

戦争の真の姿を伝えようと試みた独立系メディアは、閉鎖や国外に逃れることを余儀なくされた。国営テレビや政府系通信社、新聞は政権のプロパガンダを流しつづけている。

世論調査などによると、国民の大半がプーチン政権と隣国への侵略を支持しているという。プーチン大統領は、矢継ぎ早に国民の自由を奪う法律を成立させている。戦争の長期化とともに、政府に異を唱える国民の力はすっかり封じ込められてしまった。

そんなロシアの人々が、私には八十年あまり前の日本国民に重なって見える。

一九八〇年から八二年にかけて、戦争を体験した女性たちを各地に訪ね歩いた。

ともすれば「被害者」として語られることが多い女性たち。ほんとうのところはどうだったのだろう。戦時下をどのように過ごし、戦争とどうかかわったのか。直接、聞いてみたかった。

そうして一冊の本を書き上げた。

二〇二二年十二月、岸田内閣は安全保障関連三文書を改訂し、敵基地攻撃能力の保有を決めた。防衛費は「異次元」の増額で、NATO（北大西洋条約機構）の目標と同じ、対GDP比で2パーセントをめざす。実現すれば世界第三位の防衛予算規模になる。

周りに目をやれば、北朝鮮は無謀なミサイル発射を繰り返している。ロシアとは領土問題を抱えている。台湾有事への心配もある。

しかし、どう考えても憲法が定める専守防衛の範囲を超えているのではないか。

何よりおかしいと思うのは、これほど重要な変更を、国会が閉幕したのち閣議決定で決めたことだ。これでは「法の支配」ではなく少人数の「人の支配」にほかならない。

NGO「国境なき記者団」（本部・パリ）が発表した二〇二三年の「報道の自由度」ランキングで、日本は六十八位。時の総務大臣が放送法の政治的公平性をめぐって電波停止に言及しても、テレビ局や国民からは大きな抗議の声が上がらなかった。

一方で、外交や、国際社会の中で他国の人々とともに生きるための努力は十分だろうか。

人材育成とは名ばかり。外国人を低賃金で長時間働かせ、ときには暴力をふるうなど悪評が高かった技能実習生制度は、ようやく廃止にこぎつけた。

「国際人権基準を満たしていない」と国連から指摘されている難民をめぐる問題は一向に改善が進まない。外国人を隣人として迎える気がないのだろうと思われても仕方がない。

ウクライナから、ロシアから、日々届くニュースに心を痛めているうちに、足もとでこんなことが静かに進行している。

やりきれない思いでいたとき、河出書房新社の野田実希子さんが四十年も前に書いた本『女も戦争を担った』に目を留めてくれた。「時が流れて忘れられそうな戦時下の女性たちの声を、いまこそ届けたい」とよみがえらせてくれたのだ。どんなにありがたく、うれしいことだろう。取材に応じ、無二の体験をありのままに語ってくれた人たちにも、改めて深い感謝を捧げずにはいられない。戦争の体験者から、直接、話を聞くことができる時間は残り少なくなっている。

よりよい未来を次の世代に手渡すためには過去から学びつづけるほかにない。

昭和の戦争を生き抜いた女性たちは、令和の世を照らす灯りとなってくれるにちがいない。ロシアのいまを、あすの日本にしないために。

七十八年間、平和がつづく夏に

川名紀美

目次

装丁・本文フォーマット　水上英子
©nobmin/PIXTA

第一章

息子を「売った」母

家を離れていた息子から届いた一通の手紙。いそいそと封を切って読みはじめた母は息をのんだ。

「死ぬのはいやだ。大陸へ逃げる」

愛する息子が徴兵忌避の大罪を犯そうとしている。怒り、嘆き……。

手紙を前に、母は迷った。このまま握りつぶそうか、それとも——。

西へ西へと貨物列車がひた走っていた。

その貨車の一両に、青年が身をひそめていた。荷物と荷物の谷間にうずくまり、息を殺して……。

列車が駅で止まるたびに、青年はいっそう身を縮め、祈るように目を閉じる。

再び列車が動き出し、はるか後ろに駅がかすむころになると、ようやく目をあける。

「あぁ、無事だった――」

安堵の吐息とともに足を伸ばした。

青年が恐れたのは無賃乗車、という理由ではない。徴兵忌避の旅だったからである。


徴兵忌避。それは当時なによりも重い〝大罪〟であった。

「国を守るために軍隊へ入るべし」と期日を指定した国家からの召集令状。それに応じないで逃亡するという行為である。「非国民」「国賊」というレッテルが容赦なく貼られた。その多くは厳罰に処せられた。

青年は名前を佐藤政雄といった。

いま個性的な演技で知られる俳優・三國連太郎さんの本名である。

大阪で召集令状を受けとったとき、最初にひらめいたのは、

「死ぬのは怖い」

ということだった。

はっきりした反戦の意志があったわけではない。ただ、こんな紙切れ一枚で戦場へ狩り出されて死なねばならないことが納得できなかった。

大それたことをしているという意識は、不思議になかった。

このまま郷里の静岡へ帰れば、死ぬほかない。とにかく正反対の西へ逃げよう。九州から朝鮮、そして大陸へと姿を消せばなんとかなる——。

そんな想いだけで、すべて無我夢中のうちに選んだ道だった。


召集令状を受けたのは一九四三年（昭和十八年）十二月。

ところは、大阪市の都島警察署だった。

東淀川区の賃貸アパートにいるとき、いきなり刑事に踏み込まれ、逮捕された。

誘拐罪だという。

全く身に覚えがない。よく調べてくれといったが相手にされず、市内の警察署をタライ回しにされた。

つかまってから八十七日目。

「もうこのまま出られないのじゃなかろうか」

怒りと恐怖に蒼ざめていたとき、担当の刑事に呼び出された。

「おい、喜べ。おまえのような男でも、お国の役に立つときが来たぞ」

すでに封を切った一通の手紙を、刑事は無雑作に突きつけた。

中から出てきたのは、召集令状と、母親からの手紙だった。


　おまえもいろいろと親不孝をしたが、これで天子様にご奉公ができる。とても名誉なことだ。しっかりお役に立ってもらいたい。


律気そうな文字が並んだ、簡単な文面だった。

『死ぬのはいやだ』

とっさに思った。そんな内心を見すかすように、刑事が大声をかぶせてきた。

「命を捨てて、お国のために働いてくるんだぞ！」


自分のしていることを振り返るゆとりがもてるようになったのは、広島を過ぎてからだった。

大阪駅を離れてから四日目。

山口県の小郡（おごおり）へ着いたとき、ふと家族のことを思った。

あすは、もう九州だ。そんな気のゆるみも手伝って、佐藤青年はちょっと迷ったすえ手紙を書いた。

あて先は母親であった。

ぼくは逃げる。そちらでは、みんなから白い眼で見られて、いろいろと大変だろう。弟や妹たちにも、先へいって苦労をかけることになると思う。しかし、これが最後の親不孝だ。なんとしても生きたい。生きなきゃならんのだから。

こんな文面に、九州から朝鮮半島を経て中国大陸へ行くつもりと書き添えた。

数日後。佐賀県の唐津（からつ）で船の段取りをつけようと走り回っていた。そのとき、尾行されているのに気づいた。

すぐそばの芝居小屋にまぎれ込もうとしたが、あっけなくつかまった。たちまち故郷へ連れもどされた。

徴兵忌避という〝大罪〟にもかかわらず、なぜか処罰は受けずに済んだ。みんなと同じように赤だすきをかけさせられ、静岡の連隊に入れられた。一つ星の二等兵だ。

中国大陸の東北部へ出兵が決まっていた。

最後の面会の日。姿を見せた母は、ふだんよりいっそう無口だった。どこかおどおどして、視線をそらしてばかりいた。

別れの時間が目前に迫ったとき、母は目をそらせたままで一気にいった。

「お兄ちゃん。お兄ちゃんにはきついことかもしれないけどね、一家が生きていくためには涙をのんで、戦争に行ってもらわなきゃいかんのだよ」

声が、小さくふるえていた。

青年は、このときすべてを悟った。

『そうか。憲兵に知らせたのは、おふくろだったのか』

警察で読んだ、母からの短い手紙を思い出した。


天子様にご奉公ができる。とても名誉なことだ――。


青年は工業学校を出て以来、十代から職を転々とした。ペンキ塗り、皿洗い、旋盤工……。家にもほとんど寄りつかない息子だった。そんなわが子にも赤紙が来た。これでやっと人並みにお国の役に立つことができる。おそらく母親は、重荷をおろしたような気持ちになっていたのではないか。

なのに、その息子が兵隊になるのはいやだ、逃げる、という。期待を裏切られてばかりいた母親は、うちのめされた。

家の近くに左翼運動をした男がいた。その家族が近所の人たちからつまはじきにされ、息をひそめるようにして暮らしているのを長年、見てきている。

母親は、「家のために」黙って戦争に行くことを息子に迫り、逃亡先からの手紙を憲兵隊に差し出したのに違いない……。

青年の胸の奥で、何かが崩れた。

捕まってなんのおとがめもなかったことも、合点がいった。おそらく母親が以前から顔見知りだった憲兵に頼み込んだのだろう。

短い面会のあと、帰り際に母親は初めてふりかえった。息子の目を、ひたととらえた。

『やすやすと命を落とさんでおくれ』

そう語りかけているように思えたが、青年の昂ぶりは、まだ消えなかった。

遠くなる母親の背中に声をかけようとした。だが、くちびるがこわばって、ことばにならなかった。


映画やテレビで個性的な人物を生き生きと演じている俳優、三國連太郎さんに徴兵忌避の体験があると知ったとき、しかも、ほかならぬお母さんに〝密告〟されたとわかったとき、この「母と息子」から直接、話が聞けたらという気持ちをおさえることができなかった。

ごくふつうの母親にとって、息子が徴兵忌避などという、当時としては殺人にも劣らぬ大罪を犯そうとしたとは、どれほどの驚きと嘆きであったことか。

逃亡中の息子からの手紙を手にして、母親の気持ちは激しく揺れ続けたに違いない。

このまま逃がしてやりたい、しかし、見逃がせば、家族にも厳罰がくだる。まだ一人前にならない弟や妹もいる……。

つらい、つらい選択だっただろう。

こんな手紙なんか、いっそ来なければよかったのに、黙って逃げてくれればよかったのにと、恨みのこもったまなざしで手紙をみつめたひとときもあったのではないか。

結局、母は息子を戦場へ送る道を選んだ。

その息子は生き抜いて、無事に帰ってきた。そして、戦後ずっと、母と息子は同じ屋根の下で暮らしてきた。

それぞれ胸の深いところにどんな想いを抱いて歳月を重ねてきたのか。

激動の時代をくぐりぬけてきた一人の母親の胸をたたいて、聞いてみたいことがいっぱいあった。

ひとがひっそりと胸の奥に仕舞いこんできたことをあばき出す権利は、誰にもない。何日も迷った末に、おそるおそる三國連太郎事務所の電話番号を回した。

母、はんさんは数年前、すでに世を去っておられた。七十五歳の命をまっとうしてのことだった。

それを知って、私はなぜかホッとした。

東京都港区西麻布にある三國連太郎事務所を訪れたのは一九八〇年（昭和五十五年）十一月十一日。

「お電話をいただいてから、当時のことをいろいろと思い出してみたのですけれど……」

何枚ものメモ用紙を手にした三國さんは、画面で見るよりずっと柔和なまなざしをしていた。

生きて帰って、再び母親と共に暮らすことに、なんのためらいもなかった、と三國さんはいう。

はんさんも、無事を心から喜んでくれた。亡くなる前の何年間かは、母と息子だけの水いらずの生活。

「おふくろが私の手紙を届けたんだなとわかってからも、おふくろを責めたことは一度もないし、おふくろもあの一件については死ぬまで何もいいませんでした」

平和な暮らしのなかで、出来事自体も、いつしか記憶の奥深くへ沈んでしまっていた。

「しかし……」

三國さんはゆっくりとソファから身を起こした。

「二十歳前後のとき自分は母親に裏切られたんだ。そういう気持ちが潜在意識のなかになかったとはいえないんです」

次のような三國さんの〝告白〟に、私は改めてこの母子の傷の深さを知らされた。

ある日、トイレで物音がした。

『あ、おふくろだ』

三國さんはあわててかけつけた。

はんさんがくずれるように隅っこにうずくまっていた。

三國さんは、はんさんを抱きあげた。寝室へ運ぶうち、寝間着を通して母親の体のぬくもりが伝わってきた。

なぜか、急に三國さんの全身が鳥肌立った。

それは、思いがけない肉体の反応だった。寝床に寝かせ、ふとんをかけながら、三國さんはとまどっていた。

『いったい、これはどういうことなんだ』

晩年になって老母が脳梗塞で倒れてから、かいがいしくめんどうをみてきたつもりだ。もちろん、下の世話もした。ときには部屋や寝床を便で汚す。それを始末することを苦痛だと感じたことは、ただの一度もなかったのに……。

『どうして、あんなにゾッとしたのだろう』

自問自答している三國さんの頭に、なんの前ぶれもなく「あのこと」がよみがえった。

すっかり忘れたつもりでいた。なのに、戦後三十年余りたってもなお、心のどこかにひっかかっていたのだろうか。

自分を戦場へ〝売った〟のは、この母親なんだ、という思いが――。

そう気づいて、三國さんはハッとした。

もし、おふくろがあのとき手紙を焼き捨ててくれていたら――。

ことによると、大陸へ逃げきれたかもしれない。その後、どういう生き方をしたかはわからないが、少なくともいまの自分とは違う自分になっていたはずだ。

「ぼくのどこかにウラミめいたものがこびりついていたからこそ、おふくろを抱きあげたとき、理屈ぬきにゾッとしたんでしょう。それに……」

口ごもりながら、きちんとそろえた両膝を大きな二つの手で包んだ。視線をその手の甲にあてたままで、三國さんの口から意外なことばがもれた。

「親父の命が危いという知らせをもらったときは、仕事を全部投げてしまって飛んで帰りました。息をひきとるまで三日間、ずっとそばにいたのですけれどね……」

「おふくろのときは……仕事先から帰ろうとしなかったんです」

どんな相槌をうったらいいのか、わからなかった。

息苦しくなって、窓の外に目を向けた。

秋の短い陽がいつの間にかすっかり落ちて、ネオンが空を染めていた。

では、はんさんはどうだったのだろう。

いつもやさしい息子が、心の奥底にどうしても捨てきれずにいた〝わだかまり〟。それに気づいていなかったとはいいきれない。

「そういわれてみれば、ずいぶん遠慮してたなあと思い当たる節々がありますねえ。おふくろは、まるでぼくを亭主のようにしていました」

戦争を描いた映画やテレビには、出征する夫や息子、恋人を見送るさまざまな女性像が登場する。

愛する人の、首にかじりついて、

「行ってはいや」

と号泣する女、
日の丸の旗を振り、進んで送り出す女、
熱狂する人々の陰にかくれ、ひっそりと涙をこらえて見送る女……。

これまでに見た数々の場面を思い出しながら、私はつい考え込んでしまっていた。

もし、彼女たちがはんさんと同じような手紙を最愛の男性から受けとっていたら――。いったいどうしただろうか。

それは、私自身への問いでもあった。

死を賭して、手紙を握りつぶしてみせますと断言する自信は全然ない。

すっかり黙り込んでしまった私を、三國さんのこんなことばが救ってくれた。

「おふくろは、ほんとうにかわいそうな女だったと思います」

「子どもを生む能力は、女性にしかないのですから。女性というのは、もともと平和を愛し、命をはぐくむことに喜びを見いだすはずのものだと思うんです。その感覚を徐々に狂わせていったのは、明治以来の軍国主義の政治や教育です」

はんさんは、かつては網元だった没落漁師の家に生まれた。

十四、五歳のとき、広島県呉市に女中奉公に出た。

小学校は三年生までしか行っていない。字もあまり読めないまま、十八のとき結婚した。

網元としての誇りを捨てきれずにいた実家では、財を失ってからも父親は絶対の存在だった。

女中奉公に出て身につけたのは、あるじのいいつけに逆らうことは許されないということ。

主人にはどんなことがあっても従う。これを女の美徳として生きたはんさんに、徴兵忌避を黙って見逃すなど、思いもよらなかったのではないか。

はんさんは近所で反戦活動をした〝非国民〟の家族が村人たちからいじめられるのを見ていた。

息子がうまく逃げおおせるとは考えられない。万一、徴兵忌避者として発見されれば、死罪になるかもしれない。むしろ、黙って戦争に行っても、必ず死ぬとは限らないのだから――。

こんな結論に達したとしても、当然かもしれない。

「時代が、ぼくのおふくろのような女性の生き方を強いたのです。おふくろだけではなく、日本中の女性が、本来もっているすばらしい感覚をマヒさせられていたのです」

自分の母親に対する複雑な感情に、ようやく結着をつけたのだろうか。三國さんの口調は穏やかだった。

いゝはんさんは、非情の母でもなんでもない。むしろ息子思いのやさしい人だった。つまり、ごくふつうのお母さんだったのだ。

召集令状が来たとき、ほとんどの息子たちは逃げないで戦地に赴いた。

だから母親たちもまた、自分の手でつらい選択をせずにすんだだけなのだ。

意地悪な質問だとわかっていても、いゝはんさんに代わってぜひ聞いてみなければならないことがあった。

逃亡の途中で、なぜ手紙を出したのか。

「そうなんですねえ。逃げ出したら、家族はどうなるんだろうと、ふとねえ。で、判断が狂ってしまったんです」

「若いころから家を出て、八割がたは抜け切ったと自分では思っていたんだけど、結局は〈家〉という意識に足をとられたんですねえ」

「そういえば、最近、とても気になることがあるのです。日本の家族制度ですね。あれを讃美するような空気がまた出てきましたね。先日もテレビを見ていたら、タケノコ族にインタビューをしていまして、話が親のことに及んだとき、なかの一人が将来、親をみたくない、といったんですね。すると番組は、嘆かわしい風潮だ、みたいに締めくくるわけです」

三國さんは、平和を守り抜く条件として、日本の家族制度というものを考え直さないといけない、と力をこめた。

「日本の家族制度がもっている危険性は、祖先崇拝はあっても、現在や未来に対する祈りがまったくないということではないでしょうか」

魂は生き残る——。

こう強調することは、未来の庶民の犠牲を強いることになりはしませんか。

ものやわらかな、淡々とした話しぶりとは裏腹に、視線は鋭かった。

「靖国神社なんか見てますとね、戦争の犠牲者の魂はこんなふうに祀られ、生き残るんだと。そういう考え方のなかに、とっても危ないものを感じるんですねえ」

そこで、いきなり「天皇制」ということばが三國さんの口から出た。

二人の間で、さっきからもう何時間も、テープレコーダーが回っていた。

こんなことまで話してもらっていいのかしら、と戸惑っているのにかまわず、

「天皇制についてもですね、頂点から見てうんぬんするのではなく、核となっている家、ぼくならぼくの家のあり方から見直していくことが、これからの歴史をつくっていくことにつながるのではないか、なんて考えているんですよ」

三國流のやり方では、〈家〉をもたないということになるらしい。つまり、女性とともに暮

らしても、婚姻届を出すという形をとらないことなのだ。

「AとBが結婚した、ということであればいいのですが、結婚したとたん、どちらか一方の名前が変わっていくということが、すごく気になるのです。入籍のシステムそのものが、多くの場合、男性が女性を所有するという構造をもっているのですよね。ほら、オレのものだ、というような……」

「ぼくなんかもね、いま一緒に棲(す)んでいる女性に対してですが、前夜、遅くなって疲れているということを知っていても、仕事に行くんだからと、朝つい起こしてしまうんです。で、あわてて反省する。もう、毎日そうなんですね。だから、入籍という制度に守られるようになったら、自分がどういうふるまいをするか、全然、自信がもてない。いまは、一緒に生きているし、支え合ってるんだ、という実感があります。こういう感じ、大切にしたいんです」

驚いた。

三國さんは女性解放論者でもあったのだ。

それを裏づけるように、こういった。

「だからですね、女性の側も自分の夫や恋人との関係でおかしいと思うことがあれば、どんどん相手にいっていかなければ」

現在は俳優としてめきめき頭角を現している息子さんに対しても、従来の枠組のなかで、親であるということを主張することだけはやめたい、といい切る。

自分の家族から、そして役者という職業を通じて交わった人たち、演じた人物たちのすべてから得た、これが一つの到達点なのであろう。

「三國連太郎さんは徴兵忌避をしようとしたことがあるんですって」

こういうと、周囲の人たちは一様に驚く。

とくに、おとなとして敗戦を迎えた人たちは、

「あの時代に、よくもまあそんなことが……」

と信じられないといった顔をする。

戦後になって生まれた私には、それがどんなに大変なことなのか、ピンとこない。

数年前、関西財界のトップにある人が、

「徴兵制の復活について、考えてみてもいいのでは」

というような発言をして話題になったことがあった。

男性は二十歳になったら徴兵検査というものを受けて、合格すれば国の兵として登録される。ひとたび戦争になれば、兵士として戦場に行き、戦わねばならなかった制度なんだ、くらいはわかっていても、詳しいことは何も知らなかった。

三國さんに会うことになって、少し調べてみた。


一八七三年（明治六年）、明治政府は徴兵令を出して、初めて国民皆兵の徴兵制をしいた。国民にはなんの相談もない、一方的なものであった。

以後、制度は何度か形を変えて一九四五年の敗戦まで生き残ることになる。

「国民皆兵」とはいうものの、それはたてまえで、実は主として庶民階級を苦しめつづけた制度であったことは大江志乃夫著『徴兵制』や、菊池邦作著『徴兵忌避の研究』に紹介されてい

る。

初めは裕福な階級の人々、高級官僚、当時の大学生など、いわば特権階級にはさまざまな徴兵のがれのぬけ道が用意されていた。

戦場の第一線でも、生命を危険にさらしながら戦ったのは、徴兵制度によって集められた庶民からの兵卒で、特権階級から志願して軍人になったものたちは士官として後方から兵士たちを指揮することが多かった。

一家の労働力の中心で、経済の担い手でもある働きざかりの男たちを、有無をいわさず一定期間、桁はずれに安い俸給で軍隊にしばりつける。

その間、残された家族の窮乏はいかばかりであったろうか。

徴兵制度というのは、このように貧しい階級の人たちを狩り出して、「富国強兵」という国家の目的を遂げようとしたものであった。にもかかわらず、その本質を隠すため国を守るのは国民一人ひとりの義務であり権利、国のために働けることは〝名誉〟であり、〝幸運〟でもあるという意識を植えつけた。

それでも、兵隊にとられたら食えない人々は、あるいは「国のため」に自分が死ななければならないことを納得できなかった人は、兵役のがれの逃亡を試みた。徴兵忌避である。

菊池邦作著『徴兵忌避の研究』に出ている「陸軍統計年表」によると、逃亡者の数は、一九一六年（大正五年）に最高に達し、それまでの累計で、四万四千四百五十六人。以後はしだいに減っている。

満州事変[注1]のあった一九三一年（昭和六年）、自ら体を毀損したり疾病を作為、あるいは詐欺した者は四百七十四人。逃亡はこの年、初めて二桁に減り、九十九人となっている。

そして公の統計が残っている最後の年、一九三六年（昭和十一年）には体を傷つけて徴兵のがれをしようとしたものが二桁に落ちて八十二人。逃亡は七十人となり、累計の逃亡者の数は二万二百八十三人と、半分以下に減っている。

一九三七年（昭和十二年）の日中戦争からさらに太平洋戦争へと戦いが拡大してからは、逃亡、失踪についての記録が残されていない。

軍にとっては恥部である。波及を恐れて徴兵忌避者は極秘で処刑されたと伝わっている。憲兵による銃殺である。

かくまった者、逃亡を助けた者も、共犯者として重罪に科せられた。

ただし、戦争末期にも徴兵忌避者がいたことは『徴兵忌避の研究』に二人の体験者の告白が出ていることでもわかる。

一人は甲府市（山梨県）の農民作家、山田多賀市さんの話。

農民運動に身を投じていた山田さんは、日本中が熱中している戦争が決して聖戦などではないことを見抜いていた。バレて憲兵に銃殺されてもいい、戦争にひっぱられて死ぬより、自分の選んだ方法で死のうと、死亡診断書を偽造し戸籍から自分を抹消したのである。

こうして徴兵をのがれた山田さんは、一九四五年（昭和二十年）六月二十六日以後、〝死人〟として生きてきた。

もう一人は伊勢崎市（群馬県）の村山善太郎さん。一九四三年（昭和十八年）の暮れも押しせまった日の朝、風呂敷包み一つで出奔（しゅっぽん）した。

在郷軍人手帳と奉公袋を関所札代わりに、逃げ切って生きのびることができた。

二人は同じような逃亡の道を歩んでいる。

どちらも飯場や北海道の炭坑などを転々とするが、そこへ毎日のように特高や憲兵がやってきた。

十日に一度くらいの割で、労働者がひったてられていった。

『次は自分の番では……』

人の視線、会話……。とりまくものすべてにおびえ、一秒たりとも心のやすらぐときはなかった。

同じ時代を生きていた三國さんが、徴兵忌避をすればどんな目にあうか、まるっきり知らなかったはずはない。

にもかかわらずやってのけたのは、父親、正さんの生き方に影響されたからだという。

「おやじは腕一本、スネ一本で生きた職人でしてね。いまから考えれば自由人でした」

正さんは代々の職業が棺桶づくり、という家に生まれた。

一九一八年（大正七年）のシベリア出兵[注2]に応じたのも、ほかの職業に就く手段を求めてのことだった。

当初から一万二千人という破格の大軍を送り出したこの出兵は、しかし国民にとっては目的も、戦う相手も、なにひとつはっきりしない、つまり「大義名分」のない戦いだった。そこが日清、日露の戦いと大きく違っていた。

シベリア出兵を国民がどう見ていたか。

出兵宣言から一カ月余りたった同年九月十一日付『大阪朝日』夕刊の投書欄「百雑砕」に、「後備兵」との署名でこんな投稿が出ている。


　日露戦争当時、出征軍人が汽車で通るたび歓送迎する国民のバンザイの声が天地を震撼したものだ。十四年後の今日、汽車の窓から兵隊さんがさかんに旗をふっても、これに呼応する国民の声は淋しく、かつ熱がない……


投稿の主は、広島県尾道の国鉄沿線に住んでいる人らしい。投稿の主旨は「国民に檄す」という題でもわかるように、国民を戦争へと奮いたたせようとするものである。にもかかわらず、中身は国民がこの戦いにいかにも気乗り薄なのを証明する結果になっていて、興味深い。

国民が、国の行く末より自分たちの暮らしを大切にしていたことを示すなによりの証拠は「米騒動」だ。

出兵直後、米価の暴騰に怒った富山県の漁師のおかみさんたち約二百人が、米の廉売を要求して米問屋と資産家を襲ったのである。

このニュースが流れると、騒動はたちまち一道三府三十三県に波及した。

政府がいくら「対外的に重大な時機」と絶叫しても、騒ぎはいっこうに収まらず、全国の百七十村以上で民衆が立ちあがった。

世情が騒然としているなかを、男たちは次々と厳寒のシベリアへ発っていった。

正さんも数年間のシベリア滞在中に、電気の技術を身につけた。帰ってからは電気工事人として一本立ちし、何人かの作業員をひきつれ、仕事を請負っては工事現場から現場へ、渡り歩いた。

そのうち恋人をつくり、家を棄てた。

「家を棄てても、子どもの教育には神経を使っていましてねえ」

なぜか父親への反感は、わかなかった、と三國さんはいう。

無学で、無口な父親。その人が、上からの押しつけには純粋に抵抗しつづけた。

満州事変から日中戦争へと戦火がひろまり、配下の若い作業員たちが次々と出征するときも、一度も送りに行こうとはしなかった。

階級制度のきびしい軍隊のなかで、正さんはその出身ゆえにふつうの兵士が味わう以上の辛苦をなめたはずだ。それはシベリアの大自然以上の苛酷さだったかもしれない。

正当な理由もないのに他国へ押しかけて、数年間も居すわりつづけている日本の軍隊、その一員であることは、いくら新しい仕事を手にするためとはいえ内心、忸怩（じくじ）たるものがあったのではなかろうか。

「シベリア出兵という体験が、おやじに戦争の本質を見抜かせたんだと思います。戦後たまに上京して東京見物なんかしましてもね、靖国神社には見向きもしませんでした」

父、正さんのことを語るとき、三國さんは懐かしさを隠そうとはしない。

正さんも、はんさんと前後して亡くなった。八十五歳。差別をはねかえし、自由を求めつづけた一生だった。

そんな父親のもとで、軍国少年は育たなかったのである。

三國さんは一九二三年（大正十二年）生まれ。

時代は戦争へ向かって、少しずつ、しかし確実に傾斜し続けていた。この世代の多くはピカピカの軍国少年、あるいは少女に仕立てられていった人が多い。

佐藤政雄少年（三國さんの本名）は、少しちがっていた。

なぜ『教育勅語』を暗記しなければならないんだろう。

校庭の入口から、ずっと向こうの御真影に向かって深々と頭を下げねばならないのはどうしてか。

写真の人、天皇陛下にだけ苗字というものがないのはなぜだろう――。

理屈はわからないが、押しつぶされるような圧迫感のなかで、毎日をすごしていた。

こんなところでは生きられない。

小学校六年になったとき、思いつめて中国大陸をめざして家出を企てたこともある。

やがて仲の良かった友人の何人かは陸軍士官学校や海軍兵学校へ進んだ。

とくに海兵の学生はモダンな制服だったせいか、女学生にもてはやされた。

が、ふつうの中学校へ進学した政雄少年は、陸士や海兵組と親しくする気になれなかった。

つき合いの悪いやつ、と変人扱いもされた。

しだいに無口になっていった。


一枚の、茶色くなった写真がある。

二十三人の兵隊が並んでいる。手前には一面に野の花が咲いて、後ろには屋根の低い、土で造った中国の民家。

一九四四年（昭和十九年）、応山というところで撮ったものだ。

中国大陸前線の兵士たちにもひとときの平和が許されたのだろうか。

が、どの兵士もむっつりと黙りこくった表情である。

後列右端に、ひときわ体の大きい美青年がいる。それが三國さんだ。

「私が戦争というものに決定的な疑問をもったのは、一緒に中国へ行った仲間が千数百人もいたのに、たった二、三十人しか帰れなかったということです。これは、大変なショックだった……」

文字通り、九死に一生を得ての復員だった。

俳優という職業に就き、さまざまな人物を演じた。戦争に関するものも、少なくなかった。

あるテレビのドキュメンタリー番組のため、半年間にわたって戦争体験者の話を聞いたり、資料を読む機会があった。

そのときに、自分が参加したのは日本の侵略戦争のゆきつくところだったのだと、はっきり認識した。

「私はこれまでの人生にいろんな汚点を残しましたがね、あの戦争に加担したことがいちばん大きな汚点だったというふうに感じているんです」

そして、三國さんはこうつけ加えた。

「もっとも、戦場にいた一年八カ月の間、一発も鉄砲を撃てなかったいちばんダメな兵隊でしたけれど」

長い長いインタビューのなかで、初めてのほほえみがゆっくりとひろがった。

注1　現在では「柳条湖事件」として知られている。旧満州の奉天郊外、柳条湖で満鉄線が爆破された。これがきっかけになって、日本の中国進攻が進み、のちに日中戦争―太平洋戦争へと拡大していく。

注2　一九一八年（大正七年）八月二日、政府は官報号外でシベリア出兵を告示している。前年一九一七年（大正六年）に起こったロシア革命は、西側列強諸国に大きなショックを与えた。シベリアの秩序を恢復するために、アメリカの提議に基づいて出兵する、という大義名分が掲げられたが実際はロシア革命の影響を恐れた西側連合国軍が、よってたかって内政干渉をしようとしたといわれてもしかたのない派兵であった。

第二章

永遠の恋人

　戦争が激しくなるころ、雑誌に載った若き零戦パイロットに、少女は胸をときめかせた。

　憧れのパイロットの写真を胸に、「戦地では兵隊さんががんばってくれているのよ」と仲間を励まし、軍需工場での激しい労働に耐えた。

　憧れの人は、真珠湾で戦死。が、少女の血と肉となって、その人はいまも生きつづけている。

山口県徳山市で、高校教師として平穏な毎日を送っていた飯田喜久代さんのもとに一通の手紙が届いたのは、一九八一年（昭和五十六年）秋のことである。

神奈川県に住む見知らぬ男性からであった。

「もしかして、あなた様は真珠湾攻撃で玉砕された故・飯田大尉のご遺族ではないでしょうか」

こんな書き出しの手紙は、喜久代さんの〝恋人〟飯田房太氏の戦死について、喜久代さんさえ知らない事実をしたためてあった。

一九四一年（昭和十六年）十二月八日（アメリカ時間では七日）、日本は米英に宣戦布告し、同時にハワイの真珠湾を奇襲攻撃した。太平洋戦争のはじまりである。

このとき真珠湾攻撃の第三制空隊隊長として零戦（ゼロ）九機の編隊を指揮していたのが飯田大尉。日本人として最初の戦死者になった人だ。その死があまりにも勇敢だったということで、攻撃を受けたアメリカ人が飯田大尉の碑を建て、毎年十二月七日にはアメリカ人の犠牲者とともに霊を慰めてきた、と手紙は伝えてきたのだ。

喜久代さんは、目を疑った。

日本軍の真珠湾奇襲は米軍に手痛い打撃を与えた。

「リメンバー・パールハーバー」（真珠湾を忘れるな）という合言葉が示すように、アメリカ人のなかにはいまだに日本に対して根強い反感をもっている人たちも少なくない。なのに、自分たちを攻撃した敵の隊長を手厚く葬り、そればかりか碑まで造ってくれていたなんて――。

やがて、その碑を建てた本人、コンラッド・フリーズ氏自身からの手紙も届いた。

四十年前、フリーズさんはカネオヘ基地に勤務し、機銃陣地にいた。

そこへ、いきなり日本軍が空から襲いかかってきたのだ。零戦の編隊は、熟練した操縦で効果的な攻撃を繰り返してひきあげた。

ど肝を抜かれつつも、けが人の救助に動き出したフリーズさんの目に、零戦一機が編隊から離れ、全速力で基地めがけて舞いもどってくるのが見えた。

青空に、白い尾をひいている。

燃料タンクをやられているのは明らかだ。

零戦は機銃を発射しながら一気に突っ込んできた。

しかし、米軍の地上からの激しい銃火を受けて、基地内の敷地に激突。機体ごと粉々に飛び散った。

このパイロットが、当時二十八歳の飯田大尉であった。残りの燃料では空母「蒼龍」までとても戻れないと判断した大尉は、「われ燃料なし。下に突っ込む。さようなら」の信号を仲間に残し、ひき返して基地上空でひとり暴れ回ったのだ。

フリーズさんは、一部始終を見ていた。

二十歳になったばかり。初めての実戦だった。壮烈な日本人パイロットの死は、胸に強く焼きついた。

遺体を拾い集め、十九人の米軍戦死者と一緒に埋葬した（遺骨はのち、返還されたという）。記念の碑も建てた。

いまはワシントン州に住み、ボーイング航空会社に勤務するというフリーズさんからの手紙には、招待状が添えられていた。

真珠湾からちょうど四十年たった今年の慰霊祭に、ぜひともご出席ください――。

日本人で招かれるのは初めて。まるで『恩讐の彼方に』国際版だ。


喜久代さんが現在住んでいる新南陽市の家。それは故・飯田中佐（真珠湾攻撃のときの働きがもとで、大慰から二階級特進）が生まれ育った家でもある。

仏壇の上の鴨居から、写真になってしまった房太さんがやさしく見下ろしていた。

喜久代さんは、房太さんには会ったこともない。房太さんの方は、喜久代さんの存在すら知らずに死んだ。なのに喜久代さんがなぜ房太さんの家に住み、遺族と呼ばれるのか。

それには小説のような数奇ないきさつがあった。


日中戦争が激しさを増すばかりのころ。

愛読誌『少年倶楽部』を見ていた喜久代さんの目が、一枚の写真に吸い寄せられた。やさしい顔立ちのその美青年を、記事は成都爆撃の英雄として紹介していた。

「そりゃきれいだったですよ。すっぱらしい写真でした。坊主刈りがぴったり似合って」

喜久代さんはうっとりとした表情で語る。

これが二人の最初の〝出逢い〟だった。

夢中でその写真を切り抜いた。飯田房太という名前が、思春期の少女の心に刻み込まれた。

房太さんは卓越した技術をもつパイロットであった。零戦で、当時としては空前の単独長距離飛行の記録を達成している。

新聞や雑誌に、それからもしばしば写真や名前が登場した。

そのたびに、喜久代さんは記事を切り取り、大切にしまっておいた。

晴れた日には、くっきりと赤城山が見えるのんびりとした農村。

群馬県群馬郡国府村が、喜久代さんの生まれ育ったところだ。

この村で、喜久代さんは兵隊たちの活躍に胸をときめかせる〝軍国乙女〟になっていった。

「なんでか、ちゅうても、昭和四年（一九二九年）の生まれでしょ。もの心ついたら日の丸の旗ふって兵隊さんたちを送っとったですいね。昭和の初めごろは大不況でね、とくに農村はひどかったですよ。私のところは地主でしたし、割合裕福だったですけれど、近くで娘が身売りした、いうような話もありました。日本がにっちもさっちもいかないから中国を取ろう、あちこち取ろう、いう時期で、軍事的に海外に伸びていかなきゃしかたがない。そんなときに生まれたもんですからね」

国府小学校は、男女一クラスずつの小さな学校。そんな時代だからといって、とくに軍国主義の色彩が濃い教育を受けたわけではない。

養蚕と田畑に多忙な日々を過ごしていた両親の口からも、時局についての話など聞いた覚えはないという。

「私の〝先生〟は講談社の絵本ですかね」

喜久代さんはいった。

小学校低学年のころ、病弱だった喜久代さんは、よく学校を休んだ。父親は、かわいい末っ子のために、講談社の絵本を毎月一冊ずつ、買ってくれた。

しめっぽい少女小説は、なぜか性に合わない。『源為朝』なんかに心を躍らせた。女の子ながらそのまま『幼年倶楽部』『少年倶楽部』の愛読者になった。

それらの雑誌は、ほとんどのページが日中戦争での日本兵の武勇伝で埋められていた。

前橋市立高等女学校に入学した年の暮れ、太平洋戦争（大東亜戦争）がはじまった。

ほとんど学校へは行かず、勤労動員で近くの軍需工場で働いた。火薬を入れる小さな袋を縫うのが仕事だった。

ここで、喜久代さんはみんなのリーダー格だった。

一日何千枚とミシンで縫い上げる。終わるとくたくたになる。

しかし、空襲警報が鳴っても喜久代さんはミシンの前から動こうとしない。

防空壕へ誘う先生の手をふり切って叫んだ。

「先生、私は死んでもいいから職場を離れません。いちいち避難してたら、今日の目標枚数が縫えません！」

なかにはつらい作業をさぼろうとする同級生もいた。

『兵隊さんはもっと苦しい戦場でがんばってくれているのに』

喜久代さんは、いきりたった。

みんなの見ている前で、小刀をとり出して小指をパッと切った。

白布の上に、血がしたたり落ちた。

鮮血で、日の丸を書いた。

「さあ、みんな、この日の丸に誓って。兵隊さんたちに負けないように、私たちもがんばるって！」

喜久代さんをとり囲み、息をのんでみつめていた少女たちは、涙を浮かべながらコックリした。

「なにしろ、私は単細胞やからね。いまでもこの辺が痛いですよ」

てれたようにそういって、喜久代さんは自分の小指をそっとさし出した。


飯田房太大尉の写真を、毎日のようにとり出しては、その無事と活躍を祈った。

「私たちもがんばってます」

写真に向かって、つぶやいてもみた。

青春を、ともに生きているつもりだった。

そんな喜久代さんに、一九四二年（昭和十七年）七月八日付の新聞が、むごい知らせをもたらした。

真珠湾攻撃から半年以上もたって、やっと戦死者の名前が公表され、その中に飯田房太大尉も入っていたのだ。

憧れの人であると同時に、心の支えでもあった。だから悲しみは深かった。

が、なにより喜久代さんの心を暗くしたのは、新聞が報じている母一人子一人、という房太さんの家庭環境であった。

「こりゃいけん、と思いましてね。ほかの戦死者もお気の毒ですが、残されたお母さんはどんなお気持ちかしらん、なんとかお慰めせにゃいけん、いうような気になって……」

それでも何カ月かためらった。

どうしても気がすまず、とうとう房太さんの母親ステさんに、慰問の手紙を書いた。

返事など期待もしていなかったのに、折り返し、丁重な手紙が届いた。

これがきっかけになって、ステさんとの文通がはじまった。

便せん一枚にも不自由した時代。封筒は、相手からのを裏返してまた使った。

月に一度のペースで、文通は戦後も続いた。

ある日のステさんからの手紙に、喜久代さんは思わずハラハラと涙をこぼした。

『いまだにこうしてお手紙をくださるのは、あなたお一人になってしまいました』

戦後、三年がたっていた。

飯田家の門の前には、かつて大きな立て札が立っていた。

『軍神飯田中佐生誕の家』

その前を通るとき、人々は立ち止まり、最敬礼した。

敗戦後まもなく、その立て札がひき抜かれた。

「こんなヤツがいるから、日本はひどい目にあったんだ」

聞こえよがしにいう者もいた。

喜久代さんは、思いきってステさんを訪ねることにした。

十一月、戦後に入学した関東女専の修学旅行で京都まで来たとき、徳山へ足をのばした。

といっても列車事情の悪かった時代だ。

京都の旅館を午前四時ごろ発って、満員の列車に揺られて徳山に着いたときは、もう日が暮れかかっていた。

まっ先に行った房太氏の墓前で、初対面の女性二人の話はいつまでも尽きなかった。

翌年夏、喜久代さんは再びステさんを訪ねた。すでに故郷で教職に就いていた。

一人ぼっちと思っていたステさんは、房太さんのいとこにあたる義昭さんを養子として迎えていた。

初めて紹介されたとき、義昭さんが写真の房太さんそっくりなのに驚いた。

「いとこといっても血が濃いィですから。父親同士が兄弟で、母親たちはおばとめいの間柄ですからね」

義昭さんは、喜久代さんより一つ年上。

ステさんがいった。

「あなたがせめて広島県ぐらいの方じゃったら、なんとしても義昭の嫁にもらいたいですいね。けれど群馬県じゃ、あまりにも遠いですからね。墓は、房太の墓はどなたが守ってくださるのやら」

喜久代さんの気持ちが動いた。

両親も姉妹も親類も、この結婚には猛反対だった。

一九五四年（昭和二十九年）、「生まれて初めて親不孝をして」喜久代さんは義昭さんとの結婚を押し切った。

「運命って、こんなもんじゃないですか。人生って、ときとして三文芝居のストーリーよりドラマチックなものですよ」

憧れの人の墓を守るため――。

私には考えられないことだ。

「飯田中佐は私の永遠の恋人です」

喜久代さんは誰はばかることなくいう。

「飯田中佐ひとすじに生きてきた」という喜久代さんに、不躾を承知で聞いてみた。「いまのダンナさまは、ときに焼きもちなど焼くことはなかったのですか」と。

「主人が？　だって、いきさつを知ってますからね。それになにより相手は死んでるんですから、どうにもならんですがね」

あけっぴろげな口調だ。いまは新南陽市の助役である夫の義昭さんも、そばでニコニコ笑っている。

でも、それも、いまだからいえること。

群馬県からはるばる嫁いできたときは大変だったらしい。

このごろでこそ地元の人たちと変わらない山口弁を話すようになったが、風俗、習慣、なにもかも違う〝よそもの〟だ。

おまけに飯田家では、すでにステさんが亡くなり、夫の義昭さんらが一家をあげて移り住んでいた。

二十五歳で、いっぺんに八人家族の主婦になってしまったのである。

義昭さんの家族が、喜久代さんを見る目は複雑だった。

もとはといえば義昭さんではなく、いとこの房太さんを慕っていた女性である。それが、結婚する前からわかっていたのだから無理もない。

「主人の母は、とくに微妙なものがあったみたいですよ。いろんな迂余曲折もありましたし、確執もありました。若かったから、乗り切れたんでしょうね。なんだかんだいっても、もうこちらへ来て三十年近くなります。もっとも、飯田中佐がおらんかったら、とうに逃げて帰っとるでしょうけど」

房太さんの数々の写真、新聞や雑誌の切り抜き、地元旧制徳山中学校を総代で卒業したときの毛筆手書きの答辞、霞ケ浦海軍航空隊を優秀な成績で出たときもらった銀時計……。

「飯田中佐がおらんかったら」ということば通り、喜久代さんは房太さんゆかりの品々に囲まれて暮らしている。

ステさんから「くれぐれも頼みます」と託された記念品だ。

それらの一つひとつを大事そうにとり出しては、広げて見せてくれた。

「学校を辞めて自分の時間ができたら、まっ先にこれを整理したいと思ってるんですよ」

銀時計をなでながら、まるで乙女のころに戻ったように目を輝かせた。

変わらぬひとすじの道を歩いている女性が、ここにひとり。

「そうですね。私らの年代で、よく〝戦争で青春を奪われた〟なんていう人がおりますが、とんでもない。奪われたんじゃない。私は捧げたんです。だから、なにひとつ後悔しちゃおりませんよ。最高最善の生き方ができたと思っとります」

一九四五年（昭和二十年）八月十五日、あの敗戦の日を、人はさまざまに迎えた。

喜久代さんがまっ先に感じたのは、

「申し訳ない」

ということだったという。

いったい、誰に対して？

「もちろん兵隊さんですよ。みんな戦地で戦って、あれだけたくさんの人が亡くなった。それなのに負けたっちゅうことは、私たち銃後の力がまだまだ足らんかったんじゃろう思ってね、申し訳なくて、申し訳なくて」

日本は必ず勝つ、といい続けていた校長の態度が、まず変わった。

「みんな、よくやってくれた。しかし力及ばず日本は敗れた。みんな一緒に死んでくれ、とでもいってくれるんだったら、どんなによかったか……。喜んでそうしたと思います。なのに……」

親にも内緒で卒業が目前の女学校をパッと辞めた。

一途な娘だったのだ。

来る日も来る日もおし黙って、畑仕事だけをしていた。

「あのころ、友だちはみんな私が自殺するんじゃないかって思ったそうですよ」

喜久代さんは笑う。

やはり勉強しなければと関東女専の受験を決心するまで、六カ月かかった。

これしかないと思って信じていたことが、根こそぎ違う、といわれたのだ。ならば、いっそう裏切られたという気持ちも強かったのではないか。

「裏切られたの、だまされたのという人がいますがね、そういうのを聞くと腹がたって腹がたってしかたなかったですいね。自分たちの力が及ばなかっただけで、誰を責めることもできんですよ。とにかく、私たちは戦争に勝つ、そのためにどんなことでもがまんするのが国民として最高最善の生き方と教えられたんですからね。私なんか硬派でしたからね、一つの目的のためにできるだけのことはやりました。食べずにがんばったですよ。友だちを奮いたたせながらね。最高最善の生き方ができたと、私自身は思っとります。いまの人に最高最善の生き方はなにかって聞いてごらんなさい。答えが出んでしょうが。国民があれだけ命を燃やした時代は、もう来ないでしょうね、二度と。とにかく日本を守るんだちゅうて、赤ん坊から老人まで必死になったんですからね。こういう命の燃焼は二度と来ないでしょうよ」

話しながら、喜久代さんは自身のことばに火をつけられたように語気を強くした。

「そりゃ戦争が悪かったとかなんとかいってもね。半世紀を経てきたいまだからいえるんで、ものごころついたら日の丸の旗ふってたんですよ。十二や十三の娘に、国の政策への批判力がありますか。わけがわからんですいね。子どもですよ。これが最高最善と教えられれば、子どもはそれを忠実に守るより手がないでしょうが。小学校からずっと一貫して、そういう教育だからね」

喜久代さんは、不意に口をつぐんだ。

小さなテーブルをはさんで向かい合った喜久代さんと私。

戦後生まれ、なにひとつ共通の体験をもたない私に、もどかしさを感じたのかもしれない。やわらかな心をもった少年と少女たちを同じ色に染めあげた戦前の教育について、いろいろと私が想像をめぐらせても、とらえきれないところがある。

やはり五十代のある女性が、自分たちの受けた教育について、こんなふうにいったことがあった。

「どんなに徹底していたか、これはもう、ことばで説明してもわかってもらえないと思うの。そうねえ……いまの中国のことを思い浮かべてもらったら、少しは理解してもらえるかな。立場はちがうけど、状況としては似てると思うの」

一八七九年（明治十二年）、明治天皇が出した国の教育の基本的なあり方を示す『教学聖旨』は「忠孝ノ大義ヲ第一ニ脳髄ニ感覚セシメンコトヲ要ス」と宣言している。

忠孝の思想は考え方の定まらぬ子どものうちに、感覚的に刷り込んでしまうことが大切と説いているのである。

この方針は大正、昭和になっても一貫して引き継がれてきた。

「戦争せざるを得なかったんじゃからね。ほかに日本が生きる道がなかったんじゃからね」

次に喜久代さんの口からもれたことばは、静かなだけに、私をギョッとさせた。

「無理ないことですよね。この狭い国土に人口ばっかり増えて。昔から二十年戦争がないと、人間が地球からこぼれるというんでしょ。日本は、もう三十年も平和が続いてますけど、そのかわり交通戦争とか、ガンに侵されるとか妙なことがありますよね。人類ちゅうのはうまく均衡を保つようになっとんじゃないですか」

人類に、戦いはつきものと思わなければいけないのだろうか。

「だとしたら、悲しいですよね。わずか五十年、六十年しか生きれんのに、争ってなんになるかと思いますよね」

やさしく波打った金髪。体をやや斜めに向けて、ちょっぴりきどったポーズでほほえんでいるコンラッド・フリーズさんの二十歳のときの写真。

飛行帽をかぶった、やはり二十二、三歳の房太さんの写真。

二枚をテーブルに並べてみる。どちらも、好青年だ。

この二人が、敵同士として戦った。

いや、何十万、何百万という青年たちが、敵味方になって戦い、死んでいった。

むごい。惜しい。残酷なことだ。

「ほんとですね。こんなにいい人ばかりなのに、どうして戦争なんかしたんでしょう。こんなことをいうと、さっきからの話と矛盾しとるみたいですがねえ」

「考えてみれば、私たちも戦争犠牲者なんですよね。戦後の農地改革で土地は取られてしまう、兄たちは二人ともビルマとニューギニアでそれぞれ戦死してしまう。両親はもう、半狂乱でした。確かに被害者ですけどね、これだけの犠牲を払ったんだから、逆に国は守らなくちゃいけないと思うんですよ。一度や二度、負けたからって挫(くじ)けちゃいけませんよね。こういう時代ですからね。絶えず侵略の脅威はあるわけです。なんぼ海に囲まれとるいうてもソ連がおる、中国がおる、アメリカもおる、南方にはまた大きな国もおるんですからね。丸腰でいると、大変なことになりますよ」

喜久代さんには二十六歳になる息子がいる。

幼いころから、喜久代さんは房太さんの写真を見せては口ぐせのようにいってきかせた。「お母さんはね、この人のためにお嫁に来たのよ」と。ゆくゆくは、飯田中佐の遺志を継いでほしい――それが母としての願いだった。

しかし、その期待も空しく、息子は銀行マンの道を選んだ。

「一応、防衛大学の試験は受けて、学科はパスしたんですよ。でも、日曜日にゆっくり寝とられんのはイヤだなんていうてね」

いまの喜久代さんの楽しみは、呉の海上自衛隊や江田島の幹部候補生学校の生徒たちに向けられている。若い隊員たちが休日に遊びに来ると、手料理で精いっぱいもてなすのが生き甲斐のようである。

その愛情が伝わるのだろう、隊員たちも喜久代さんを心から慕ってくる。まさに〝海軍おばさん〟なのである。

「一度くらい戦争に負けたからといって、もう軍隊はだめだなんて、極端すぎませんか。ま、日本があんまり強かったんで、マッカーサーも恐れたんでしょうけどね。でも、一度や二度の敗戦というのは歴史の必然でしょ。ドイツにしろ、フランスにしろ、ローマにしろ、何度も戦争をくぐりぬけている。戦争だから、どっちかが勝って、どっちかが負けるんです。日本はこの間、初めて負けたわけでしょ。たった一度負けたからって、骨なしになろうというのは情けない。敗戦後の発展を見ても、優秀な民族なのだから。いい意味でのエリートが必要ですよ。国の先々のことを考えると、どこかで養成せにゃならん。立派な日本人をつくりたいから、私は教師をしているんです」

徳山市の私立桜ケ丘高校教諭として、二十三年。

この間に、自衛隊入隊の相談員としても活躍し、教え子たちを自衛隊に送った。

「だんだん関心が高まってきますね」

その数はやがて延べ三百人に達する。

一九八一年（昭和五十六年）十二月三日、慰霊祭に出席する喜久代さんを乗せた日航機が大阪国際空港からハワイへ飛び立った。

現地に着いて、まっ先に訪れたのはオアフ島の北東部にある米海兵隊カネオへ航空基地。ふだんならＦ４、Ｆ16、Ａ４などのジェット戦闘機、攻撃機が爆音を響かせているところだ。

しかし、喜久代さんが着いた日は休日で、基地の中は人影もまばらだった。

出迎えた長身のコンラッド・フリーズ氏は、小柄な喜久代さんの背にやさしく手をそえ、前方を黙って指さした。

緑の芝生の向こうに、こんもりとした黒い盛り上がりが見える。

一歩一歩近づいていく喜久代さんの膝が、ガクガク震えた。

そばに来てみると、碑は思ったより大きかった。

溶岩質の石が形よく盛られ、まん中に平たい石板がはめ込まれている。

JAPANESE AIRCRAFT
IMPACT SITE
（日本の航空機が衝突した場所）

大きな碑文の下に、「パイロット、飯田大尉」とはっきり刻まれている。

その文字が幾重にもなって、揺れた。

喜久代さんは、がっくりとひざまずいた。

どのくらい泣いていたのだろう。

まるで四十年分の涙がいっぺんに噴き出したような号泣であった。

「どんなに淋しかったでしょうね」

「私と一緒に、日本に帰りましょう」

人前であることもはばからず、こんなことばが切れぎれに口をついて出た。

明るすぎるほどの陽光が、喪服姿の喜久代さんの背にふりそそいだ。

やっと顔をあげた喜久代さんは、改めてゆっくりとあたりを見回した。まるで〝恋人〟が四十年間も眠り続けていた場所を確かめるかのように——。

カネオへ湾の青い海を見下ろす小高い丘。緑の芝生を、ところどころギンネムの低い茂みがさえぎっている。

彼が眠っていたのは、こんな美しい場所だったのか。

喜久代さんの口元に、満足気な微笑が浮かんだ。

持参の日本酒を、静かに碑にそそいだ。

第三章　女講師の涙

軍国主義教育を担った戦時中の教師たち。戦争が激しくなると男性は戦場に狩り出され、教壇は女教師たちが支えた。

あのころ、豆兵士をつくるため腹ペコの子どもたちを追いたてた女教師がいる。

いま、彼女は平和を守るための講座の講師に招かれて、話しながら思わず涙を流す。無論それは、悔恨の涙である。

戦争に荷担せしとう女講師の
　涙を見たり遺児なるわれは

何気なく朝刊の朝日歌壇に目を走らせていて、こんな歌を見つけた。

選者の歌人、近藤芳美さんは、広島の原爆で身内を失った。それが原点になって、この歌壇でも戦争への想いを詠んだものをしばしば推薦している。

一九八一年（昭和五十六年）、また八月十五日がめぐってこようとする夏のある日曜日。

ふだん短歌などには縁のない私だが、この歌を心の中で繰り返しているうちに、一つの情景が浮かんできた。

おそらく、何かの講演会だろう。

壇上に立った女性の講師が戦争体験を語るうち、自分もその戦争に加担してしまったのだと後悔の涙で声をつまらせてしまう。

聴衆の一人として、それに目ざとく気づいた女性は、父を戦争で失った体験をもっていた。

「もう二度と戦争を繰り返してはならない」

世代は違っても、三十六年のへだたりを超えて、ふと二人の心が重なった……。

それにしても、涙を見せたこの女講師は、かつて何をしたというのだろう。想像が次から次へとふくらんだ。

抑えきれなくなって、短歌の作者、浦和市（埼玉県）に住む田上洋子さんに手紙を出した。

しばらくして、ていねいな返事をいただいた。

一九八一年六月から七月にかけて、洋子さんは浦和市立領家公民館で五回にわたる講座「母親のための太平洋戦争史」を受講した。あの短歌は、このときの体験を詠んだということだった。

一九四〇年（昭和十五年）生まれ、戦争の記憶はほとんどない。

満一歳のときに父が応召し、三歳のとき南の島で戦死した。

「私は全然、顔を覚えておりません。自分の父親なのに、夢にさえ見ることができない。その悲しさを、おわかりいただけますでしょうか？」

洋子さんの文面には、私の胸を刺す言葉があふれていた。

「今の今まで自分が遺児でありながら、それと現在の世の中の動きを結びつけて考えたことがありませんでした。日本は平和だ。私は幸せ――と思って過ごしてきました。やっと気づいた、というのが正直な気持ちです」

「母親のための太平洋戦争史」で学んだあと、洋子さんは少しずつ行動した。

まず教科書問題で署名を集めるためにとび回っている友人を、おずおずと手伝いはじめたのだ。

洋子さんに深い感銘を与えた女性講師は、板倉三重さんといった。

私は、どうしても話を聞きたくて会いに行った。

三重さんは戦争中、軍国主義教育の先頭に立って豆兵士づくりに励んだ、元教師であった。

一九四二年（昭和十七年）十月一日、三重さんは国民学校初等科訓導として川口市の芝国民学校へ着任した。

「教育者の任務は一億一丸、悠久の大義に徹する教育を、全力を尽くしてやることである。それ以外は、何も考えないように」

埼玉県学務課の県視学は、重々しい口調でこう告げた。

紫のたもとの長い着物、紺のはかま姿の板倉三重さんは、全身でこのことばを受けとめた。

二十六歳。若い女教師の誕生だ。

あいつぐ戦勝のニュースで、国中が有頂点になっているころだ。

しかし、学校では、男の先生が次々と戦場へひっぱり出され、女教師ばかりになりつつあった。

新任の三重さんは、気負っていた。私がやらなければ――と。

腰に木刀、片手になぎなた。

学校ぐるみの合同軍事訓練のときには、必ず先頭に立った。

文部省からは「豆兵隊をつくれ。男の子も女の子もない」と、きびしい通達が出されていた。

忠実に、それを守った。

先生たちは、しばしば浦和市の埼玉県立浦和第一高等女学校に呼び集められた。そこの配属将校の下で、体力、精神力ともに限界の訓練をうけ、学校へ帰る。それを、そのまま子どもたちに押しつけた。

北海道生まれなので、寒さに強い。

三重さんは冬でも半袖の体操服に裸足で通した。

受け持ちは四年生男女組。その子どもたちにも同じような服装をさせ、打ち込み台を使って、刀さばきを教えた。男の子にも、女の子にも……。

利用できる道具をすべて運動場に並べたて、それを障害物に見立ててくぐったり、飛び降りたり、くたくたになるまで走り回った。

少しでも遅れたり、動作がのろかったりする子には、ゴツンとやった。

着任のとき、校長から「遠慮せずにやっていい」といわれていた。どの先生も、体罰はしょっちゅうだった。

子どもたちの体力の差など無視した。

それが「一億一丸の練成教育」と信じて疑わなかったからだ。

時間さえあれば野原を走り回り、ススキの穂（海軍の救命具を作るための材料）を摘んでは袋に入れて軍に届けたりした。

授業は皇国史観を植えつけるための国史と修身が中心。

教師には絶対服従だから、教室はいつも水をうったようにシーンとしていた。

そんな教室に、時折りビンタの音だけが大きく響いた。

三重さんの記憶では、教室で子どもたちが笑ったのを一度も見たことがない。

食糧事情は日ごとに悪化していた。

子どもたちの弁当の中身も変わっていった。

芋のまわりにごはん粒がくっついている、といった方がふさわしい芋めし。雑炊を広口のビンに入れて持ってくる子、蒸したさつまいもを二本ほど紙に包んで持ってくる子……。

それでも持ってこられるのはまだよい方だ。弁当なしの子も五、六人いた。

授業の最中、児童のひとり謙一君が大きな音をたてて椅子もろともひっくり返った。

原因は空腹。

父親は軍属としてフィリピンに行き、残された母親も病床にあったのだ。

それでも、学校での訓練は休ませなかった。

ある日、学校中で大宮までの強行訓練をすることになった。

尾根のように続く、石ころ道。

電車の駅で、六つある。

ろくな弁当も持たない子どもたちは、帰り道には足をひきずっていた。

列から遅れがちな三年生の男の子がいた。

穴のあいたくつを脇にかかえ、右足の指から血を流しながら、ベソをかきかきついてくる。

湯たんぽみたいな胸が、シャツの上からでもはっきり見えた。

「強行訓練になんの疑問も感じないどころか先頭に立ってきた私ですけれど、このときはさすがにかわいそうにと思いましてね」

長い〝懺悔(ざんげ)〟の途中で、三重さんは目を伏せた。

これまでの話を、私は信じられない想いで聞いていた。

目の前にいる三重さんは、白髪まじりの穏やかな中年女性。

メガネの奥の目が時折りキラッと光る。

軍国主義教育の先頭に立って、豆兵士づくりに励んでいたなんて、とても想像できない。

「これ、見てください」

芝国民学校の先生たちが、そろって写した記念写真。

「みんなとてもくらーい顔してますでしょ。私がいちばんイキがいいと思いません？　なんとなく気迫のこもった感じで」

いわれてみれば、うつむきがちな他の教師たちと違ってキッと頭をあげ、こちらを見すえている。

「戦争中ね、教員として模範的だったと思うんですよ」

三重さんは、いかにも残念そうにいった。

「満腹の子も空腹の子も、強い子も弱い子も、十把ひとからげにしか見られなかった……。個性を認めるというのは教育の原点なのに。あのときのことを考えると、申し訳ないと思う子の顔が次々と浮かんでくるんですよ」

長年にわたって教壇で鍛えた低いきれいな声が、少し震えた。

数年前、当時の教え子たちが集まって、同窓会を開いてくれた。

「気が重くて、足も重くて……」

会場に着いて、三重さんはまっ先にあやまった。

「ビンタやったり、裸足であちこち引っぱり回して、ほんとに悪かったね」

「いや、先生、あのとき鍛えてもらったおかげで、こうして世の中の荒波を渡ってこれたんですよ」

恨みごとをいうどころか、教え子たちは笑いとばして慰めてくれた。

が、いっこうに胸のうちは晴れなかった。

「私という人間はまったく単純というかバカ正直というか、結局、ものの考え方の基本が確立していなかったんだと思いますの。いわれたことを、子どもたちに押しつけるだけ。でもね、こんなことをいうと弁解になりますけれど、学校というところは文部省と軍の考えが直通で入ってきましてね。なにしろ思想教育の中心になる場所でしょ。いつの間にか没入してしまったんですの」

三重さんは、深呼吸を一つした。そして思い切ったようにいった。

「私ね、昔、こんな体験をしたこともあったんですのよ」

私の前に差し出された別の一枚の写真。それはザメンホフ博士の生誕を祝う、エスペラントグループの集(つど)いを写したものだった。

「冷え込んできましたね」

三重さんはそっと立ってストーブに火をつけた。

日中はまるでサンルームのように暖かだった二階の一室が、日暮れとともにひんやりとしてきた。

秋が、しだいに深くなっているのが、木々のたたずまいからわかる。

「エスペラントをやってらしたのですか」

いつまでたっても口を開こうとしない三重さんにしびれを切らし、私の方から問いかけた。

「やったことが結局は身につかなかったのだから、なんだかお話しするのが恥ずかしくって……」


三重さんは一九一六年（大正五年）、小樽市に生まれた。

家は長橋町というところで「ちとせ印せっけん」という小さな石けん工場を経営していた。

昭和初期のあの世界大恐慌のあおりをくって、たちまち倒産寸前まで追い込まれた。

三重さんは十人兄弟の長女。

その日暮らしでは、進学の夢などとうていかなわない。

地元の女学校を出たあと、近くのゴム工場へ働きに出た。

暮らしのために働いてはいるものの、自分の将来の見とおしをたてることもできず、不満の毎日を過ごしていた。

ある日、職場の同僚から誘われた。

「エスペラント語を勉強しませんか。英語が少しできればわかります」

日本中どこにでもエスペラントを学んでいる人たちがいるし、外国の人と文通できる楽しみもある、と教えられた。

場所は浄土真宗本願寺派の量徳寺というお寺。

同僚は、信頼できる人だった。なんの不安も感じずに、ついていった。

集まってきたのは男女あわせて十人。

寺の若住職がリーダーだった。

ザメンホフ博士とエスペラントについて、熱っぽく語ってくれた。

日本が日中全面戦争に突入していったちょうどそのころ、ヨーロッパでもドイツ、イタリアでファシズムが勢力を伸ばしていた。

世界中が戦争の不安におののいていたのだ。

ポーランドの言語学者、ザメンホフ博士は世界各国どこでも通用するエスペラント語を考案し、このことばで平和を語りあい、平和のために努力しようと呼びかけていた。

「もし世界戦争になったなら、人類はどうなると思う？　われわれの力は小さいけれど、自分たちで平和を維持する努力をしなければならないと思うんだよ」

若住職のことばに深くうなずいて、三重さんは改めて集まっている人の顔を見なおした。

みんな、立派に見えた。

自分がそのなかの一員であることに、誇りを感じた。

週一回の勉強会には、欠かさず出席した。

やがて文通の許可がおりた。

相手はオランダのアムステルダムに住む男子中学生。

彼は手紙で意外なことを書いてきた。

「いま、日本は中国と戦争をしていますね。その戦争をあなたが〝聖戦〟と呼んでいるのがわからない。戦争に〝聖戦〟などないと思うので、よく説明してください」

三重さんは考え込んだ。

この中学生の質問に答えることができなかった。

で、こう書いた。

「日本の政府が〝聖戦〟といっていますし、新聞にもそう書いてあるので、なんとも思わずに私もそういってました。説明しようと努力しましたができません。お許しください」

量徳寺の門をくぐるとき、誰か見ている者がいないか気をつけること。帰るときもついてくる者がいないか気をくばるように。

最初の日、若住職からそういわれた。

なぜかわからなかったが、いわれた通りにしてきた。

一年近くたったころ、突然、特高警察の男が訪れた。三重さんの父が応対した。

一時間ほどして男が帰ったあと、父は三重さんにいった。

「シベリア経由で手紙を出すのはやめた方がいい」

小樽エスペラント協会は、まもなく解散してしまった。

「小樽出身のプロレタリア作家、小林多喜二が警察で拷問されて殺されたのは、その少し前でした。それを知った夜は、こぶしを握りしめて泣きました。貧しい者のために立ち上がろうとしている人さえ闇の底に沈めてしまう非情な弾圧が口惜しくてならなかったのです。そんな私が、この青春時代に人生への態度を学んだはずの私が、いつの間にかファシズムのとりこになり、手先になっていたかと思うと……」

エスペラントの学習を通して、もっと勉強したいという思いがかきたてられた。

両親を説得して、東京へ出た。

金華学園専門学校へ入学し、寄宿舎生活がはじまった。

戦争の足音が、もう誰の耳にも聞こえる時代になっていた。

卒業しても、すぐ徴用でどこかの工場へ出て働かなければならない。

「校長がある日私を呼んでね、神奈川県の鎌倉師範へ行って、初等科訓導の資格をとっておきなさいと勧めたんです。それで内地留学とでもいうんですか、在学のまま、そちらへ参りました」

太平洋戦争がはじまった。

「無謀だと思いました。物量的にも勝てるわけがないと、友人たちと寮でそんな話をしていて舎監に注意されたのを覚えています。学生のころはまだ本当のことを知りたいという姿勢もあったんですが……。教師になって、まったくなくなったんですね」

「まったく」というところに力をこめた。

どうしてそうなってしまったのですか。

不遠慮に、私は聞いた。

「そうですねえ……、自分の置かれている立場や、仕事に熱中する性格なんですね。環境にすっぽりはまり込んで、まわりが見えなくなるというか……。ですから、戦後、南京大虐殺について知ったとき、大変ショックでしたよ。もし私が男で、天皇の命令だなんていわれたら、おそらく私もやったんじゃないでしょうか。軍国主義教育の先頭に立っていたということと考え合わせますとね。それまで女に生まれたことがいやでいやでしょうがなかったんですけど、あのとき男じゃなくてよかった、としみじみ思いましたですよ。男だったらきっとやってました」

埼玉母親連絡会が一九七六年（昭和五十一年）から『戦争を語りつごう』という冊子を毎年夏に出している。

市民一人ひとりの戦争体験を掘り起こし、平和を守る力にしようという試みだ。

三重さんも副会長としていろいろな人に原稿を頼んで回る。

「男の人のなかにはね、書いてくださいってお願いしても、どうしてもかんべんしてほしいっていう人が、ときどきあるの。戦場で、きっと人にはいえないことがあったんでしょうね。この人も十字架を背負って生きているんだな、つらいだろうな、と思うと、もうそれ以上強くはいえなくて……。ある環境のなかにほうり込まれると、あやまちを犯してしまうことがある。人間って、そういう弱いものだということが、私などにはよくわかってますものね」

体験に根ざしたやさしいことばだった。

私には、とてもこたえた。

「あなたは戦争とどうかかわったのか」と、いろんな人に刃をつきつけて回っているのだから。

それにしても、三重さんの話は改めて「教育」のもつ途方もない力を私に思い知らせてくれた。

教えられることをまじめに学びとろうとすればするほど、権力の思いのままに動く人間になってしまうのだから。

三重さんが、そうだった。

疑うことを知らず、教えられたことを忠実に、子どもたちに教えた。

しかし、国のめざす方向は間違っていた。

まじめに生きようとする善良な者ほど、結果としてだまされやすい。三重さんは、上司から折り紙をつけられるほどの教師だった。つまり、当時の国の方針に、この上もなくかなっていたのだ。

その証拠に、めったに回ってこない大役を仰せつかった。

一九四五年（昭和二十年）、敗戦の年の六月。

校長から申し渡されたのは、夜、空襲があるたびに学校へとんで行き、御真影（天皇の写真）と教育勅語を背負ってお守りするという重い任務だった。

市の学務課が、適任者として三重さんを選んだのだという。

「こんな名誉なことはありませんよ。落度のないように、重責を果たしてください」

校長は上機嫌でつけ加えた。

三重さんは、感激した。命にかけても、と決心した。

「一門の名誉です」と、父にあてて手紙を書いた。

その夜、さっそく空襲警報が鳴った。

そのころは日ごとに本土空襲が熾烈になって、警報は日夜鳴り続けていた。

東京は下町についで、山の手にも被害がひろまっていた。

三重さんは、そのつど息を切らして学校へかけつけた。

下宿先から八分ほど。

校長室の特別安置所に置かれている写真と、桐箱に納められた教育勅語に向かって深々と一礼したあと、指定の麻袋を手早くひろげ、教えられたとおりに袋に入れると、しっかりと背負った。

身がひきしまる思いで防空壕に入り、背筋を伸ばして正座したまま、警報解除になるまで何時間も背負い続けた。

「八月十五日まで、これを何度繰り返したことかしら。汗が伝って落ちるのに、じっとして拭こうともしなかったんですよ。徹底した皇民化教育を受けたとはいえ、これだけは恥ずかしくて戦後、何十年も人に話せませんでした」

三重さんの口調は、自分自身をさげすむように捨てばちになった。

天皇の写真を背にしていたほどだから、敗戦のラジオニュースを聞いたときは、さぞ衝撃をうけたに違いない。

「息をのむ、というか、ポカンとしてました。放送のあと一時間くらいは妙に静まり返って、そう、日本中から音が消えた。そんな感じでした」

次の日、蕨（わらび）駅からフラフラと電車に乗り込んだ。

気がついたら、皇居の前にいた。

「背負ったりしたから、身近な感じがしたのかしらねえ」

三重さんは、おかしそうに笑う。

玉砂利にひざまずいて周りを見回した。

すぐそばで割腹自殺をしている人がいた。

清水の高等商船学校の学生たち二十人ほどがサクサクサクと歩いてきたかと思うと、宮城に向かって号泣しはじめた。

ある者は立って、ある者は三重さんのようにひざまずいて。

白い短い服をつけていた。卒業すれば、幹部候補生になる若者たちだった。

その一団の向こうでは、海軍の将校が盛んに何か叫びながら、ビラを撒いていた。

読んでみると「断固、戦争を遂行すべきだ」と書いてある。

「その日も前日と同じように暑い日でしてねえ、たくさんの人が皇居をとり囲んでいました。ねえ、そのとき私、宮城に向かって何て誓ったと思います？」

三重さんは、しばらくしておどけるようにいった。

「どんな困難が待ち受けていても、国史を、もちろん皇国史観の国史をですよ、これからもしっかりと教えます、と。そう誓っちゃったんですのよ。負けても、ちっとも目が開かなかったんですからねえ」

では、目が開いたのはいつなのだろう。

即座に答えが返ってきた。

「教科書に墨をぬりはじめたころです」

「文部省の命令だというじゃありませんか。『ＧＨＱ』（連合国軍最高司令官総司令部）の間違いじゃないかと思ったんですが、文部省なんですよ。手のひらを返すように、教師用の指導書は没収されるし、地図、国史、修身はだめ。私なんか忠実に守ってきただけに、やりきれない気持ちでした」

　戦争は終わっても、食べるものがなかった。

　三重さんの前には、青白い顔の、やせこけた子どもたちが並んでいた。

　栄養失調で、吹き出ものがいっぱいの子もいた。

『子どもたちをこんなみじめにしてしまう戦争は、やはりしてはいけないものだったんだ』

　戦争について、そのさなかに自分のしてきたことについて、三重さんは少しずつ距離をおいてみつめなおしはじめた。

　たまたま、ひとりの転入生が六年生の三重さんのクラスに来た。

　学童疎開中、東京大空襲で両親と兄弟をいっぺんに失い、川口市のおじさんの家に引きとられていた少女だった。

　名前は小川玉子。

　疎開でいためつけられ、骨と皮になっていた彼女が、あるときこんな作文を書いた。


　蕨の駅の前に芝居小屋がかかったので、私は一人で芝居を見に行きました。そのとき、私の前を歩いているモンペをはいて買物かごを持っているおばさんが、空襲で死んだおかあさんに見えたのです。私は飛び上がって、おかあちゃあーんと大きな声を出して、そのおばさんにしがみつきました。よく見ると知らないおばさんでした。おばさんは立ち止まって、私の顔を見て少し笑ってくれました。私は悲しくなって泣きました。涙が目にたまってあたりが見えなくなったので、そっとしゃがんで、目をきゅっとつぶると、涙が地面にポタポタ落ちました。目をあけると、目の前にあったまるい石ころに、死んだおかあちゃんの顔がうつりました。おかあちゃんと言うと、すぐ顔は消えてなくなってしまいました。私は泣いて泣いて家へ帰りました。

戦争が負けて終わったので、疎開をやめて東京へ帰ってきたら、おとうさんもおかあさんも、兄さんも、かわいがってあげた弟たちも、みんな死んでしまっていなかった。家もなくなってしまって、どの辺に自分の家があったのかもわかりませんでした。だから、おじさんの家に来たのです。そして、戦争はどうしておこったのだろう、といつも思います。孤児になってしまった友達が東京の学校にはたくさんいます。戦争をやらなければよかったのに、でも大きくなったら、なぜ戦争をやったのかがわかると思うけれど、戦争をやらなければよかったのに、といつも考えています。

玉ちゃんが教室で作文を読みあげている間中、男の子も女の子も、身じろぎひとつしなかった。

どの子の目にも、涙がふくれあがっていた。

三重さんの目からも、あとからあとから涙が流れた。

自分の立っている教壇が、ガタガタと音をたてて崩れていくような感じがした。

『玉ちゃん、ごめんなさい！　教室のみんなもごめんなさい！　私にも、この私にも戦争を起こした責任があるの。軍国主義の教育を、戦争をおし進めるような教育を、なんの疑いもなくしてきたんですもの』

心の中で、叫びつづけた。

この子たちの前に、どんな顔で立てるというのだ。

玉ちゃんの作文にうちのめされた三重さんは、教壇を去った。

「こんなことを申しますと、ずっと続けてこられた方には悪いんですけれど……」

三重さんは口ごもりながらいった。

「同じ小学校で、同じ子どもたちの前で、というのはつらすぎて、どうしても耐えられなかったのです」

ＧＨＱの手で、全国の教員に対し、教員適格検査が行われた。

戦犯かどうかを問うものだ。

パスすると「右の者は戦犯でないことを証明する」と書いた半紙半分くらいの大きさの証書がもらえた。

三重さんはそれを、惜し気もなくご飯を炊く火にくべた。

「私はだめだということを、私がいちばん知っていましたもの」

画家の和吉さんと結婚して専業主婦になったが、勉強は続けた。

川口市に社会科を研究するサークルができた。新しい憲法を土台にした社会科を、教室で実践しようと燃えていた。

三重さんは刺激された。

後悔で苦しむくらいなら、間違いを犯した場所で、つぐないをしていこうと決心した。

サンフランシスコ講和条約が成り、日本教職員組合は〝再び教え子を戦場に送るな〟とのキャンペーンをはじめたところだった。

なにをおいても平和を守りぬく。それには新しい憲法の精神を生かした教育をしていくことだ。

今度は、動揺しなかった。

組合の役員をして校長に切り崩されかけたときも、平和教育に力を入れて「偏向している」と教育委員会からにらまれたときも、少しもたじろがなかった。

三人の子の母となって、命の大切さを身をもって知った。

「母と女教師の会」など、求めて教室の外へ出て学んだ。

どんな先生だったかは、教職を退いたいまも、あちこちの母親たちの勉強会にリーダーとしてひっぱり出されることでわかる。

退職してからの四年間、国学院大学の聴講生として歴史を学んだ。それも江戸の庶民史。あわせて女性史も研究している。

あちこちの公民館で、歴史や女性史の講座の講師をつとめたり、近くの団地の憲法を学ぶ母親グループの助言者もひきうけている。学校を辞めて、かえって忙しいくらいだ。

「戦争って、結局、権力を恣（ほしいまま）にする一握りの人間が、自分たちの欲望のために引き起こすものでしょう。その権力がいちばん恐れ、たたきつぶそうとするのは平和と民主主義を守る力なんですのよね。戦後、歴史を詳しく勉強してみて、そのことがよくわかりました。だから私は、私たち女性に少々のことではつぶされない力をつけたいと思うし、そういう人たちを増やしたい。そのためだったら、喜んでどこへでも出かけていくんですよ」

　そういって、ふと遠くを見る目になった。

「玉ちゃん。私に目を開かせてくれた玉ちゃん。きっと立派なお母さんになっているでしょうね。そう、もうそろそろ五十に近いかな」

「会ってみたいな」

　そのことばを、三重さんはそっとのみ込んだようだった。

第四章 『一太郎やあい』

戦前の国語の教科書に『一太郎やあい』という教材があった。

一人息子の出征を見送る老母の健気な〝軍国美談〟である。

当時子どもたちは教え込まれた。「こんな無学なおばあさんでも、ここまでやれるんだ。ましてお前たちは……」と。

だが、この美談に作為はなかったか。検証をすすめるうちに意外な事実が浮かんできた。

戦意を昂めるために、「教育」が果たした役割とは――。

「ここ、ここ。ちょうどこのあたりですよ。かめさんが〝一太郎ヤーイ〟と呼んだのは」

香川県多度津町に住む郷土史家、米田明三さんは、コンクリートの低い堤防から身を乗り出すように、海を指さした。

戦前、国語の教科書に載った有名な軍国の母美談『一太郎やあい』の舞台を、いま、私は訪れている。

「教育って、恐ろしいですね」

かつて腹ペコの子どもたちを追い立てて豆兵士づくりに励んだ板倉三重さんのことばが、頭の中でぐるぐる回っていた。

「そういう教育だったんじゃから、何も後悔しとりません」

飯田中佐ひとすじに生きる飯田喜久代さんもいい切った。

教育——。

さきの戦争のとき、国は教育を通じて、どのように人々の心を縛っていったか。その一端でも確かめようと、私は教科書にピントを当ててみた。

戦前の教科書に、名もない庶民の女性が軍国美談の主として登場している。

その一つ『水兵の母』の主役は、どこの誰とも知れない。が、『一太郎やあい』の方は、モデルが実在した。

私の周辺で、五十歳を超えた人たちに片っぱしから聞いてみた。

「『一太郎やあい』、って知ってます？」

露骨に眉をひそめた人、なつかしそうな顔をした人。反応はさまざまでも、誰もが「知ってる」と即答した。

それほどこの物語は当時の子どもたちに浸透していた、ということだろう。

では、平凡な一人のおばさんが、どうして教科書などに載ったのか。そして、なぜこれほど強い印象を国民の胸に残したのだろうか。

疑問をいっぱい抱いて、凪(な)いだままの瀬戸内海を、フェリーで渡ってきた。

この旅が、きっと答えを出してくれるはずと信じて。

『一太郎やあい』(原文のまま)

日露戦争當時のことである。軍人をのせた御用船が今しも港を出ようとした其の時、

「ごめんなさい、〱」といひ〱見送り人をおし分けて、前へ出るおばあさんがある。年は六十四、五でもあらうか、腰に小さなふろしきづつみをむすびつけてゐる。御用船を見つけると、

「一太郎やあい。其の船に乗ってゐるなら鐵砲(てっ)を上げろ」

とさけんだ。すると甲板の上で鐵砲を上げた者がある。おばあさんは又さけんだ。

「うちのことはしんぱいするな。天子様によく御ほうこうするだよ。わかったらもう一度鐵砲を上げろ」

すると又鐵砲を上げたのがかすかに見えた。おばあさんは「やれやれ」といって其所へすわった。聞けば今朝から五里の山道をわらぢがけで急いで来たのださうだ。郡長をはじめ、見送りの人々はみんな泣いたといふことである。

多度津町に着くと、手がかりを求めて片っぱしから当たってみた。そのうち役場に勤める郷土史好きの女性職員のはからいで、郷土史家、米田明三さんに会うことができた。聞くと教科書に登場する〝見送りの場面〟に居合わせ、子どもながらに一部始終を見ていたという。

「目撃者」に会えたなんて！

私はとびあがった。

時を、一気に日露戦争のころに戻そう。

一九〇四年（明治三十七年）二月十日、明治天皇はロシアに宣戦を布告した。

半年たった八月、香川県の丸亀歩兵第十二連隊にも動員令が下った。

二十八日午前七時前。

米田さんは父親に手をひかれ、多度津港の東波止（はと）に向かった。兵隊さんを見送るためだ。

多度津尋常小学校へ入学した年の夏休み。手にはしっかりと日の丸の旗を握っていた。

連隊は、多度津港から征途につく。

港へと続く東浜筋は回船問屋や旅館が並び、ふだんでもにぎやかなところ。

それが見送りや面会の人たちで、早朝だというのにごった返していた。

艀（はしけ）の発着する東波止の突端は、すでに人がぎっしり並んでいた。

六、七キロの沖に、二隻の御用船（当時、軍隊輸送船をこう呼んでいた）「土佐丸」と「神州丸」が錨を降ろしている。

多度津港は内湛浦（うちたんぽ）が浅いので、大きな汽船は入れない。

兵隊たちは六十人乗りの艀で御用船まで順に運ばれることになっていた。

兵士が艀に乗り込むたび、多度津高等小学校の音楽隊が『勇敢なる水兵』を高らかに演奏した。

それに合わせて、小旗の波が激しく揺れた。

米田さんの小さな胸も高鳴った。

暑くなりそうな一日のはじまりだった。

じっとりと汗ばんだ手の旗を、なおも激しく振っていると、小柄なおばさんが人ごみをかきわけるように前に進んできた。

たったいま、沖へ向かった艀に大声をあげた。

「梶（かじ）やーん！」

あげた右手に、小さな紙袋が握られていた。

「梶やーん」「梶やーん」

二度、三度くり返すうち、艀の中の一人の兵士が手を高く差しあげた。見えなくなるまで右に左に、大きく振りつづけていた。

おばさんは、しばらくの間、手拭いで目をふきながら沖をみつめていた。裾をからげた粗末な木綿の着物。腰には弁当らしい小さな包みをくくりつけている。

「間に合わんかったんじゃなあ」

おばさんの様子に同情した米田さんの父親が話しかけた。

「あなたはどちらからおこしで」

「三豊郡の豊田村から。宿に泊まる金がないので、夜通しで五里（二十キロ）の道を歩いてきたんですがなあ……」

数えられるほど大粒の玉の汗を額に浮かべたおばさんは、声をつまらせた。

「何もできんが、せめて好物の氷砂糖でも持たせてやろう思うて、そこの菓子屋へ寄っとった――、その間に、艀が出てしもうた」

せっかくの好物も渡してやれず、おばさんは肩を落とした。

きちんとした身なりの、口ひげをはやした数人の男性が、そのおばさんを取り囲んだ。それが誰なのか、何を話しているのか、まだ幼かった米田さんにわかるはずもない。

「梶やーん、と母親かめ女が呼ぶナマの声を聞いたのは、もう八十も半ばの私一人になってしまいましたなあ」

かめさんが立っていたという堤防にもたれて、米田さんは感慨をこめた。

「兵隊たちを見送った東波止も、明治四十年に埋めたてられて、当時の様子を知っているのは一握りの老人だけです。でも、かめさんが呼んだのはここに違いありませんよ。御用船は、ほら、ちょうどあのあたりにいたんだから」

米田さんは再び沖を指さした。

臨海工業地帯の白っぽい石油タンクの列が、濁った緑色の海と灰色の空とを隔てていた。

原子力工学試験センターの高い建物や、造船所のクレーンも並ぶ。

かつて兵隊たちが戦地へと船出していった港と海は、すっかり表情を変えてしまっている。

米田さんの話は、私を戸惑わせた。

教科書の中身と、米田さんの証言はずいぶん食いちがっている。

私は念を押した。

「かめさんは〝鉄砲あげろ〟とはいわなかったのですか？」

米田さんは大きく手を振った。

「そんなん、いわしません」

「じゃ、天子様にご奉公とかなんとかは？」

「いや、全然」

米田さんは、前歯のぬけている口を大きくあけて笑った。

「ただ、『かじやん』となんべんも名前を呼んでただけです。名は一太郎じゃなくて、梶太郎。

あとでわかったことですがね」

思いがけない発見だった。

実際に起こったことは、一人の母が応召する息子の見送りに間一髪で間に合わず、夢中で息子の名を呼んだ――ただそれだけだったとは。

それが前掲のような軍国美談に仕立てあげられたのだ。

一体、誰の手で、どんなふうに？

私の思案を破るように、米田さんの朗らかな声が響いた。

「ここに、記念碑でも建てないかん、思っとります。私が死んだら、かめさんが息子の名を呼んだ場所を正確に知ってるものが誰もおらんようになってしまいます」

私は私で、かめさんが息子に向かってどういったのかにこだわっていた。

米田さんに、繰り返してしつこく確かめた。

名前を呼んだだけなら、どんな気持ちをこめて呼んだのだろうか。それが知りたかった。

教科書にあるように、手柄をたてろという気持ちだったのか、それとも生きて無事に帰れという思いのたけをこめて叫んだのか。

米田さんは、けげんそうな顔をした。

そんなことは、どっちでもいいのに、といいたげであった。

米田さんにとっては、郷土の人が教科書に載った、その事実の方が大切らしかった。

「なんにしても、名誉なことですよ」

上機嫌だった。

東波止に一人息子、梶太郎（当時二十一歳）を見送りに来た岡田かめさん（当時五十二歳）を取り囲んだ数人の紳士は、小野田元熙香川県知事ら県の幹部たちであった。

二十キロの山道を歩いてきた母の姿に感激した知事が、なぐさめと励ましのことばをかけた。かめさんは、その紳士が誰なのかも知らず、あわただしく人ごみのなかに消えていった。

小野田知事は、部下に命じた。

「名前を確かめなかったのは残念だ。なんとしても、あの母を探し出せ」

自らも講演や会議に行った先々で調査を頼む熱の入れようだった。

この「軍国の母」さがしは、知事が転任してもひきつがれて、続いた。

年号が大正と変わった。一九一九年（大正八年）夏、東京高等師範学校の佐々木吉三郎教授が来県した。

県教育会主催の講習会講師をつとめるためだ。

ここで軍国の母さがしの話を小耳にはさんだ教授は考えた。

『これは、子どもたちに愛国心を植えつける生きた教材になる』――。

文部省図書局はそのころ、教科書改定の作業をすすめていた。

一九〇三年（明治三十六年）の小学校令改正以後、教科書は国定制になっていた。

日本中の子どもたちが、同じ教科書を使って勉強する。

帰京した佐々木教授は、さっそく友人の国文学者、高野辰之氏に香川県で聞いた軍国の母さがしのエピソードを紹介した。

高野氏が小学国語読本の編さんに当たっていたからだ。

こうして一九一八年（大正七年）版から、小学国語読本巻七（四年生前期用）に『一太郎やあい』として登場することになったのだ。

この話をしてくれたのは、同じ香川県の観音寺市に住む元小学校教師で郷土史研究家の石井省吾さん。

もう二十年ほど前、地元に有線放送がひかれたとき、郷土の人々を紹介する番組を流したことがある。

担当者だった石井さんは、梶太郎さんの長男、登さんと同級生だったこともあり、梶太郎さんの元へせっせと通い、話を聞いてはまとめた。

が、教科書にとりあげられたいきさつについて書いたものは、なかなか見つからない。

やっとのことでさがしあてたのが、一冊のうすいパンフレットだった。

表紙には『教育資料・一太郎やあい』とあった。

著者は、岡田母子が当時住んでいた豊田村の小野高介村長、一九三一年（昭和六年）、岡田母子後援会が発行したものだ。

この中に、教科書登場へのいきさつが、詳しく紹介されている。

教科書に出たことで、モデルさがしは県民運動にまでひろがった。

地元の教育関係者の熱心な聞き込みが実って、次の年の秋、とうとう岡田かいめさん、梶太郎さん母子とわかった。

「かじやーん」の「かじたろう」が、なぜ「一太郎」に変わったか。

地元では、こんな説が有力だ。

東波止で、かめさんに声をかけた小野田知事は、群馬県の出身。やや東北弁に近いなまりのある人だった。物語を人に話すとき「かずたろう」と発音したために「一太郎」の字が当てられたのではないか、と。

そのことがまた、モデルさがしを困難にもさせていたらしい。

母子が見つかったのは、多度津港での見送りから、十八年もたっていた。

このことを新聞が大きくとりあげた。

発見されたとき、母子は窮乏のどん底にいた。

梶太郎さんの両手の指が、戦地でうけた傷がもとで充分に動かず、満足に働けなかったからだ。

梶太郎さんの属していた丸亀歩兵第十二連隊は、旅順で乃木大将の指揮下に入った。

有名な二〇三高地の戦いである。

苦戦したが、講和が成立し、梶太郎さんらは県民たちの大歓迎をうけて凱旋した。応召から一年たっていた。

そして満期除隊。

かめさんの待つ家に帰った梶太郎さんは、キヌさんという娘と結婚し、農業にいそしむつつましい生活をおくった。ところが、梶太郎さんは寒い満州でかかった凍傷が悪化していたのだ。

岡田さん一家のみじめな暮らしを新聞は報じた。

梶太郎さんは右手の親指を切断し、十三年間病床で苦しんだあげく、両手の全部の指の自由を失っている。豊田村の人たちの好意で義金や食料、衣料品などをもらって、細々と生活をつないでいる。出征美談の主を、こんな状態にしておいていいのか――。

「津波のような」といってもいいほどの反響が押し寄せた。

激励の手紙、義援金、慰問品……。

金額は、たちまち五千円を超えた。

地元の豊田村では「岡田母子後援会」がつくられ、会長には小野高介村長が就任した。こうして、母子は〝国民的英雄〟にまつりあげられていく。

多度津町図書館に、『一太郎やあい――かめ女の遺影』と題する古い写真集が保存されている。

かめさんが亡くなった三年後の一九三七年（昭和十二年）、小野高介・岡田母子後援会会長の手で発行されたもの。いわば「写真で綴るかめさんの栄光の生涯」だ。

それによると――、

香川県内で行われた陸軍特別大演習に出席した統監摂政宮（昭和天皇）に御馬前近く拝謁の光栄に浴する（一九二二年）。

久邇宮良子女王殿下（皇后陛下）に第十一師団偕行社にて特に拝謁を賜る。

どちらも当時の一国民としては破格の栄誉である。

そして一九三一年（昭和六年）、岡田母子後援会が中心になって、かめさんの像が完成した。

台座の高さ三・二メートル。その上に、海に向かって右手を大きくあげ、息子に呼びかけている晴れ姿。像の高さは二メートルを超える。

費用は県内をはじめ全国二百三十校余りの小学校児童や一般市民から集められた。

ふもとから銅像前までの道路は、第十一師団の工兵部隊が勤労奉仕で造った。

旧軍隊としては、これは異例のことだった。

その道を、地元多度津の小学生たちが、銅像をひっぱってあげたという。

この像が完成した直後、その当時の国民としては最高の栄誉であった天皇陛下との拝謁も許された。

すっかり有名人になったかめさんと梶太郎さんは、戦意昂揚のPRに使われたフシがある。

県内はもとより大阪、京都、名古屋、横浜と招かれ、〝講話〟をさせられた。「一太郎キャラメル」「一太郎弁当」まで登場し、まさに〝一太郎ブーム〟だった。

一九三四年（昭和九年）九月十八日、八十三歳でかめさんは亡くなった。

村をあげての村葬だったと、記録に残っている。

かめさんの〝女の一生〟をひもといてみよう。記録や、当時の新聞記事から総合すると、こんなふうだ。

生家は豊田郡でも有名な旧家。郡内作田（くにた）村の岡田彦造さんのもとに嫁いだ。

彦造さんは農業のかたわら綿、砂糖などを商い、まずまずの暮らしぶりであった。

ところが悪友に誘われ相場に手を出した。お決まりの失敗。家や田畑を次々と手放し、ついにはかめさんの実兄のもとに居候する始末。

このどん底時代に生まれたのが梶太郎さんだった。

彦造さんは、梶太郎さんが二つのとき、今度は商売にも失敗。家族を棄てて家出してしまった。

九州にいるらしいと聞いたかめさんは、梶太郎さんとともに宮崎県に渡った。人夫、炭焼き、川舟の女船頭など職を変え、九州を転々としながら夫を捜した。いつの間にか十年たった。

あきらめたかめさんは、再び四国にもどり、実家の好意で豊田村池尻に少しばかりの田畑を買い、細々と暮らしてきたのだ。

写真で見たかめさんは、いかにも気丈な人という感じで、口元をぐっと結んでいる。結婚後まもなく夫に去られ、女手ひとつで息子を育ててきたのだ。

このかめさんと親しく近所づきあいをし、かめさんの遺品の整理なども手伝っているという観音寺市社会教育委員長の土井正夫さんが〝かめさん像〟を語ってくれた。

「日蓮宗の熱心な信者でね、男まさりの気丈な人でしたよ。律気でしっかり者で、頭がはっきりしていてね。体裁にはいっこうかまわん人で、大勢の人がいても『おらがのう』と、田舎まりまる出しで大声でしゃべってましたよ。だから、教科書の話を聞いたときは、近所中もうびっくり。本人は『ありがたいことだ』とよくいってましたがね、有名になってからも昔と変わらない庶民の生き方を貫きましたよ」

そして土井さんはつけ加えた。

「戦後の急な民主化で、軍国美談は忘れられそうになってますな。かめさんにはいろいろと〝宝物〟があるんですが、岡田家では田んぼが忙しくてなかなか管理が行き届かない。このままでは散逸してしまうので、いまのうちに整理を、思うてぼちぼち手伝うとりますよ」

土井さんに案内してもらい、少し離れた岡田家を訪ねた。

気温が三十五度近くもあるま夏の一日。太陽が、緑の稲穂の先でチロチロと躍っていた。

岡田家は、周辺の農家と同じような造りの前庭のある平凡な家だった。

梶太郎さんには男二人、女三人、計五人の子どもがいた。

長男、次男はすでに亡くなり、娘たち三人は他家へ嫁いで、いまは長男登さんの長女、桂子さんが婿をとって岡田家を継いでいる。梶太郎さんの孫、かめさんのひ孫にあたる人だ。

桂子さんが出してくれた茶箱には、かめさんの〝宝物〟が詰まっていた。

東伏見宮妃殿下からいただいたという白い毛皮つきのまっ赤なちゃんちゃんこ。

明治天皇の妹、村雲日浄尼公（瑞龍寺門跡）近衛尊覚尼公（中尊寺門跡）の二人から贈られた昭憲皇太后（明治天皇妃）の御衣でつくった長じゅばんなど。

ちょうど敗戦の年に生まれた桂子さんは、二人の小学生の母親。

「子どもたちには、まだ何も話してないんです。いずれ……とは思うのですが、どう話したらいいのか……」

戸惑った表情で、目を伏せた。

先祖の〝栄誉〟は、戦後生まれの桂子さんにはむしろ重荷であるらしい。

梶太郎さんの三人の娘のうち、三女が高松市内に健在でいると聞いた。

高松の女教師の旗頭のような人で、最近、定年退職したばかりだという。

土井さんの教え子でもあった。

かめさんの孫にあたるその人にぜひお会いしたいと何度もお願いしたが、承諾してもらえなかった。

かめさんが、艀で遠ざかって行く息子に向かって手をふりながら「かじやーん」と呼んだとき、一体、どんな思いをこめていたのか。

「てがらをたてろ」と励ましたのか「無事で帰れ」と祈ったのか——。

私はそれが知りたかった。

家族になら、ふと本心をもらしているかもしれない。そう思ったが、周囲の人たちからは、かめさんの本音について聞くことはできなかった。

いったん教科書に出た以上、それをくつがえすようなことはいえなかったのだろうか。たとえかめさんの真意が教科書とは別のところにあったとしても……。

香川県にはいまでもところどころに「一太郎お手植の松」などというのが残っている。

教科書に書かれたことで、かめさん母子は流れに乗らざるを得なかったし、流れに乗れば、今度はそれを拡大する役割を担うことになったのだろう。

ところで『一太郎やあい』という教材は、当時の人たちにどう受けとめられていたのだろう。

これが出ているのは戦前の第三期国定教科書時代。一九一八年（大正七年）から一九三二年

（昭和七年）にかけてのいわゆる「ハナ・ハト読本」時代だ。

現在五十代前半から七十歳くらいまでの人なら、習ったはず。

東京教育大名誉教授で、教科書研究家として知られる唐沢富太郎さんはいう。

「大変な影響力がありましたよ。一つには同じ教科書がいちばん長く使われた時期に当たっていたこと、もう一つは、生きている人は載せないという原則を破って実在のモデルが登場したために、より印象深くなったんですね」

「ハナ・ハト読本」の時期は、ちょうど大正デモクラシーの昂揚期でもある。

教科書にも、近代的な国際性のある教材が現れた。

「世界」「大連だより」「揚子江」「ナイヤガラの滝」……。

しかし、一方で「大日本」「金鵄（きんし）勲章」「神風」など、国家主義的な教材も出そろう。

「一見、民主主義がひろまったと見える裏側で、この時期に国家主義的傾向が明治時代よりむしろ強まっています。神話教材が増え、歴史も国史と名を改めたんですから。『一太郎やあい』も、先に徳目をさがしておいて、エピソードが見つかったから当てはめた、という感じがします。教科書に本当に大正デモクラシーが根づいていたら、太平洋戦争は起こらなかったかもしれませんよ」

唐沢さんはこんな解説をしてくれた。

戦前の出版物には、「軍国の母」美談は数え切れないほどある。

それなのに『一太郎やあい』だけがこんなに多くの人の記憶に残っているのは、やはり教科書に載ったからだろう。

考えてみれば、どんなベストセラーでも、教科書にはかなわない。

国定ならなおのこと、日本中の子どもたちがいやでも読まされたのだから。


地元で、興味深い証言を、もう一つ聞くことができた。

坂出市出身、近くの高松市に住む南四郎さんだ。放送作家という職業柄、ことばにはきびしく目を光らせている。南さんは、こう断言した。

「このあたりではね、『ごほうこうするだよ』なんて、決していわない。小野田知事が群馬県出身でしょ。いずれにしてもなんだか権力の介入を感じますね」

私が高松市、多度津町、観音寺市周辺を数日がかりで取材して歩いてはっきりしたのは結局、一人の母が応召していくわが子の名を呼んだ、という事実だけ。

それが飾りたてられ、美談として教科書に登場したために、一千万人を超える子どもたちに影響を与えつづけた可能性がある。


一九八一年(昭和五十六年)から八二年にかけて、教科書問題がずいぶん論議されている。

文部省の検定のあり方などをめぐって、それは白熱の度を加えるばかりだ。

検定は憲法違反だと訴えた「家永裁判」も、最高裁からまた高裁にもどって争うことになった。

そんなとき、『一太郎やあい』の取材を通じて身にしみたのは、「教科書は恐ろしいものだな」ということである。

多度津港を見下ろす桃陵公園は、桜の名所でもある。その一角に、海に向かって右手をあげたかめさんの像が建っている。

最初の像は太平洋戦争のさ中、供出されて弾丸になった。

現在のは一九四三年（昭和十八年）、供出直後に地元、多度津町の彫刻家、神原象峰さんが町長に頼まれて再建した鉄筋コンクリート製のものだ。

いま八十代なかばの神原さんは、ひきつづき彫刻の仕事をしていて、仁王さまなど、特殊なものを造っていた。仕事場を訪れると、あぐらをかいて象眼の作業をしながら当時のことを思い出してくれた。

「そうそう。二カ月ほどかかったなあ。苦労したのはコンクリートの上にかける銅粉じゃ。売りよる銅粉は力がないからあかん。二貫目の銅のかたまりをヤスリで削って銅粉をつくったな。こうすると緑青をふいているようになる。できあがった像は、小学五、六年生が大八車でひっぱりあげよった」

ワハハ、と神原さんは気持ちよさそうに笑う。

だが、急に怒ったような顔になった。

「終戦になったあと、夜、像によじのぼってカナヅチでこわそうとしたバカもんがおったなあ。鼻が欠けて、わしが直した」

やはりそんなことがあったのか。

進駐軍にも「軍国主義の象徴だから、取り払え」との投書が行ったらしい。

なのに、像は無事だった。

「守った」のは当時、多度津町助役だった山崎祐一（すけいち）さん。

「町長室に進駐軍がどやどやと入ってきた。町長は留守でね、像を取り除けというから、思わず〝あれは母性愛の象徴だ〟というてやった。子どもが戦争に行くというのに、母親ができるところまで見送りに行くのは当たり前じゃないか。それともアメリカではそんなことはないですか、と聞いたらオーライ、オーライとあっさり帰っていったよ」

山崎さんは痛快そうに話してくれた。


私は、まっ青な空にそそり立つ像のまわりをゆっくり回ってみた。

台座は五十年前のままだ。

後ろに記念碑文が長ながと刻まれている。

「有事に際して最高の犠牲（ただ一人の息子）を君国に捧げる精神を、日本婦人の典型として永久にたたえるために像を建てた」

とある。

かつて「義勇奉公」と刻まれていた銘板が、いまは母性愛を強調する文句にすり変わっていた。

かめさんの像に向かって、私は問いかけた。

「あなたは梶太郎さんに無事で帰れと呼びかけたの？　それとも、お国のために一身を捧げるように励ましたの？」

「母性愛のシンボル」に生まれ変わったかめさんは、高だかと右手をあげているだけで、何も答えてはくれなかった。

第五章　白いエプロン

もし、あなたの家に戦前のアルバムがあったら、一度ひもといてみよう。そこに、白いエプロンと白いたすきの女性の群れが写っている写真を見つけるかもしれないから――。

それが「大日本国防婦人会」。解散時には日本女性の二人に一人が会員だった。

お国のために戦争に行く兵隊さんの役に立ちたい――。

女性たちの素朴な気持ちが軍と結びつくとき、せき止められない大きな流れに変わった。

「なあ、そこをなんとか出てもらえまへんやろか」

「暮らし向きも心配ないのやし……。あんさんみたいなお方に活躍してもらわんと……。非常時でっせ」

とうとう安田せい、三谷英子両夫人二人しての膝詰め談判であった。

国防婦人会への入会は、これまでにたびたび勧められていた。そのたびに、断り続けてきたのだ。

最初に誘いをうけたとき、片桐ヨシノさんはまっ先に姑のイワさんに相談した。慶応年間（一八六五〜六八年）生まれのイワさんは、たったひとこと、

「ほんなら家の采配は誰が振りますのや」

お断りしなはれ、ということだった。

数え歳二十歳で松山から嫁ぎ、二児の母となっても、嫁のヨシノさんにとってイワさんのいうことは天の声にも等しい。家にはお手伝いさんが五人、というような暮らしなのに、なにひとつ、一存ではいかなかった。

「このあたりで国防婦人会に出ないのは、片桐さんの若奥さんだけや」

陰でそういわれているのは知っている。だが、どうすることもできない。

両夫人には何度も頭を下げて、ひきとってもらうよりしかたがなかった。

数日後、安田、三谷両夫人はさらに四人の幹部女性とともに、今度はイワさんに面会を求めてきた。

ヨシノさんぬきで、イワさんに直談判するためだ。

話し合いは二時間を超えた。そして奥座敷から出て来た六人は、そろって上機嫌だった。客を見送って戻ってきたヨシノさんに、イワさんはいった。

「あんなに勧めてくれはるのに断ったら非国民いわれますがな。国あっての私らや。あんさん、存分にお働きや」

お許しが出たのだ。ヨシノさんは、まだ三十代の若さで、いきなり大阪市住吉・天王寺分会の分会長に押しあげられた。

一九三二年（昭和七年）夏を迎えようとするころであった。


「あのころ、国防婦人会に入らなかったら日本女性ではない、という雰囲気でしたよ」

ヨシノさんはふりかえる。

十年足らずの間に、会員数が一千万人の大組織になった。成人女性の二人に一人は入っていたことになる。いったい国防婦人会は、どのようにして生まれたのだろうか。

その発祥の地は大阪であった。

一九三二年（昭和七年）三月十九日付『大阪朝日』にこんな見出しの記事が出ている。

「銃後の女性起て」と

国防婦人会誕生
千人針への無関心に奮起
大阪できのう発会式

国防婦人会の誕生を知らせるこの記事によると、三月十八日大阪の市岡第五小学校で行われた発会式には、二百五十人の女性たちが集まった。会長に三谷英子、副会長に安田せい、山中とみ。

記事は会が生まれるまでのエピソードを、こう伝えている。

宇都宮師団の兵士が西大阪に宿営したとき、「兵隊さんのお役にたちたい」と手伝いに行った安田せいさんは、兵士たちの多くがお守り札さえ持っていないことを知った。急な応召で、両親に別れを告げるいとまさえなかったのだという。

せめて千人針を一枚でも多く贈ろうと、せいさんは一人で寒い街頭に立った。ところが道行く女性の十人に七人までは、めんどうくさげに袂をふり切って通り過ぎていく。憤慨したせいさんは、三谷英子さんら友人たちとともに立ち上がった。

「国の守りに、台所から家庭から奮い起て」と女性に積極的に働きかけることになったのだ、と。

『大日本国防婦人会十年史』(昭和十八年・刊)は、その誕生から統合による消滅までの〝輝かしい〟歩みや活動などを、会員の手で、あますところなく綴ったものだ。

その『十年史』では、会誕生のいきさつをこんなふうに記している。

一九三二年(昭和七年)一月、戦火が上海に飛んだ。

安田せいの町内からも三人の応召者が出た。この三人とも不幸にしてあまり豊かでない人たちで、身仕度も意のままにならなかった。

せいの夫、久吉は、三人のために着物、下帯まで新しいのを揃えてやり、夫妻は故郷へと帰る彼らを大阪の築港まで見送りに出かけた。

そこで夫妻が見たのは、流行の服を身につけ、ブラスバンドや花束で見送られる多くの若者のかげで、印半纏のまま寒々と乗船していく若者、見送る人もない若者……。

『お国のために命を捧げる人々に安心して出発してもらうのが、銃後婦人の務めである。これこそ自分の仕事だ』

このとき、せいは神のお告げのように思った。

夫の久吉も、せいを励まし、さっそく有志を募った……。

ところで、せいさん以下二百五十人の女性たちに銃後の守りを決意させた「いくさ」の中身はどんなものだったのか。兵隊たちは、どこへ、何をしに行ったのだろう。

一九三一年（昭和六年）九月十九日、新聞はいっせいに満州（中国東北部）の奉天郊外、柳条湖での満鉄爆破事件を報じた。

報道によると、中国兵が満鉄線を爆破して日本軍を襲ったので応戦した、ということになっている。実際は日本軍が綿密な計画をたて、人を雇って爆弾を投げさせ、それを理由に出兵して長春、奉天など沿線の主要都市を占領したものであったことは、あとになってわかった。

この「柳条湖事件」（当時は「満州事変」と呼ばれた）こそ、のちに日中戦争―太平洋戦争と拡大し、「十五年戦争」として全国民をのみ込んでいく泥沼の戦いの発端であった。

時の若槻内閣は、朝鮮半島に駐屯していた日本の関東軍が独断で満州へ侵攻したことを黙認した。

政府の弱腰に勢いを得て、軍部の独走がはじまった。満州一帯の占領態勢をますます固めていったのである。

政府の弱腰には理由があった。アメリカからはじまった大恐慌が世界中にひろがり、日本もたちまち巻き込まれた。一九三〇年（昭和五年）ごろから都市には失業者があふれ、農村では娘の身売りが続出した。工場でも賃上げを要求し、ストライキが頻発した。

政府は自らの無策ぶりを、国民の目を「外」へ向けることで切り抜けようとした。方法の点で多少のちがいはあっても「満州を日本のものに」という点では軍部も政府も財界も一致していた。

やがて彼らは声を合わせていくことになる。

「満蒙はわが国の生命線である」——。

窮乏のどん底にあえいでいた人々は、どんな思いでこのことばをかみしめたのだろう。

隣国の広大な土地に一条の望みを託したのだろうか。

「満蒙」がよその国であり、そこに生きる人たちがいるということさえ忘れて——。

そんななかでの柳条湖事件であった。

歯止めは、なかった。

戦争は上海へと広がった。

一九三二年（昭和七年）一月、日本人が中国人に襲われるという事件が起こり（これも日本軍の仕掛けた陰謀であったという説がある）、それを口実に上海でも中国軍に対する攻撃がはじまった。

せいさんらが真心こめて見送ったのは、このようにして中国へ、中国へと出て行く兵隊たちであった。

こういう流れを背景に、国防婦人会は生まれた。

もうひとつ、国防婦人会の誕生に関して見逃がすことのできない事実がある。

先の新聞記事は、こうも書いている。

「発起人の一人、安田せい女史は、さきに夫人が身を殺して出征の夫を励ました井上中尉の従姉で、中尉夫人の死に感激して何か国のためにつくしたいと念じていた……」（『大日本国防婦人会十年史』の中で引用されている『関西中央新聞』によると、安田せいさんは井上中尉のおば、となっている）

安田せいさんは、いまふうないい方をすると、あの井上中尉夫人の身内だった、ということになるだろうか。

井上中尉夫人自刃事件――。

それは世間をあっといわせた事件だった。

国防婦人会が大阪で旗上げをするほんの数カ月前のこと。

一九三一年（昭和六年）十二月十四日付の『大阪朝日』から、事件のあらましを紹介してみよう。

満州へ向けて出征することになった第四師団衛生隊の井上清一中尉（二九）は、連隊での準備をすべて終え、十三日夕、最後の一夜を妻のもとで過ごそうと、大阪市住吉区の自宅へ向かった。

急ぎ帰りつくと玄関に「井上は終日連隊にあり。御用の方はその方に」と貼り紙がしてある。

不審に思いながら中へ入ると、奥の六畳の間で千代子夫人（二一）が、のどに刃渡り一尺の短刀を突きたて、息絶えていた。

床の間には「御尊影」を掲げ、白木綿を部屋いっぱいに敷きつめて――。

千代子夫人は白羽二重の襟をのぞかせた牡丹に七草の裾模様の紋服を着て、ま新しい白足袋、ほんのり薄化粧をほどこした姿で純白の座ぶとんの上に体を折るようにくずおれていた。

家の中はきちんと片づき、台所には赤飯と鯛。

「武人の妻らしい落ち着いた健げな態度は、現場を見聞した人々を泣かしめた」

と新聞記事にある。

結婚やっと一年目のことであった。

千代子夫人は遺書を三通、残していた。

夫にあてたものは、

> 私、嬉しくて嬉しくて胸が一ぱいでございます。何と御喜び申し上げてよいやら明日のご出征に先立ち嬉しくこの世を去ります。何卒（なにとぞ）後のことを何一つ御心配下さいますな。私

は及ばずながら皆様を御守り致しますから御国の御為に思う存分の働きを遊ばして下さい。願うところはただこれればかりです……

そして、彼地にいらっしゃる兵隊さん方へと、四十円を同封してあった。
妻に死のはなむけで送られた井上中尉の談話が出ている。
「……私は少しも悔んでいない。よくやってくれたと思って感謝している。どうぞほめてやってくれたまえ。田舎の娘と後指を指されぬよう私は結婚後いつも妻を教訓してきた。妻も一生懸命修養し、決して私の名を辱しめるようなことはしないと誓っていた。妻の心掛けに対しても私は生還を期しない……」
眼鏡の奥に、一滴きらりと光るものがあった、そうである。
新聞で事件が報道されると、反響は大変なものだった。映画会社が競って映画化した。人々は涙をしぼり、熱狂した。
当然ながら、千代子夫人のまねをするものがあらわれた。
大阪で、国防婦人会の発足を伝える記事のま下に、
　乙女の純情から
早まって自殺か
意外！　男はまだ出征せぬ
　哀れ愛人を激励して死んだ娘
との記事が四段抜きで出ている。

恋人が軽い気持ちで出征の日の決心を書き送ったのに、十八の紡績女工、宅見ちえは出征が決まったと勘ちがいし、恋人の写真を胸に、鉄路の露と消えたのである。残された遺書には「井上中尉夫人自刃の映画を見物して感激に燃えていたところだったので、自分も自殺して愛人を激励したい」としたためられていた。

悲劇である。

事件がマスコミによってあおりたてられ、千代子夫人とは何のゆかりもない女性でさえ、こうした行為に走ったのだ。

まして、安田せいさんは井上家とは日頃からつき合いのある間柄だ。岸和田高等女学校を卒業してすぐ中尉のもとに嫁いできた若い千代子夫人を、せいさんはわが子のようにかわいがっていたという。

せいさんがこの出来事に刺激され、自分も何かしなくては、と思ったとしても不思議はない。

このように、千代子夫人自刃事件が国防婦人会の誕生を促した、と考えるのが自然だろう。

そして人々の熱狂がまだ冷めやらぬうちに、さらに世間を興奮の渦に巻き込むような事件が起こった。

俗に「肉弾三勇士」とか「爆弾三勇士」ともてはやされた三兵士の壮烈な戦死である。

柳条湖に端を発した中国との戦いが、上海にも飛び火したさなかのこと。

一九三二年（昭和七年）二月二十二日午前五時半。中国大陸の空は凍りついていた。

上海の北十キロメートルのところにある廟行鎮。堅固な敵の陣地からは、ひっきりなしに銃声が響いてくる。

その敵陣に向かって、闇の中をはうように三人の兵士が進んで行く。わきには直径七センチ、長さ四メートル余りの竹の筒。

戦友たちの死骸をとびこえ、踏みこえ、三人は進む。

先頭が小銃弾にやられ、後ろの二人もつまずいた。が、たちまち三人とも起きあがり、竹筒もろとも敵陣の鉄条網へ突っ込んだ（作者注：現在では事故説もある）。

夜明け前の漆黒の空を、炎が赤く染めた。その中を八、九メートルも舞い上がって飛び散る肉魂がくっきり浮かんだ。

あとには鉄条網がぽっかりと幅十メートルにもわたって口を開けていた……。

二月二十四日から二十五日にかけて、各新聞はいっせいにこの出来事を報じた。

　　これぞ真の肉弾！
　　壮烈無比の爆死
　　まさしく『軍神』
　　忠烈な肉弾三勇士

上海の最外翼の拠点である廟行鎮は、中国軍が一カ月を費して築いた要塞だ。周囲を高さ三メートルの鉄条網が取り囲んでいた。

夜明けと同時に日本軍の総攻撃がはじまる。それまでに鉄条網を破って兵の突撃路を開かねばならない。

突撃路開設の命令が松下中隊長に下った。松下大尉は三十六名の決死隊を募った。

その中に三人の工兵一等兵、江下武二（佐賀県出身）、北川丞（長崎県出身）、作江伊之助（同）がいた。

破壊筒は急ごしらえだった。青竹を切って中に黄色火薬をつめただけ。三人一組でかかえて鉄条網にしかけ、導火線に火をつけて逃げ帰る作戦だった。

が、敵陣からの射撃のなかを筒をかかえて三十メートル先の鉄条網までたどりつくのは容易でない。三人の前に、仲間たちが次々と目的を達しないままに倒れた。

時は容赦なく過ぎていく。

青白く中空を照らしている月の光も、心なしかにぶって見える。

江下ら三人の兵士は相談のうえ心を決めていたのだ。

「破壊筒をさし込んでから点火したのでは間に合わない。点火してから持って走ろう」

「投げただけでは安心できないぞ」

「それなら筒を抱いたまま飛び込もう」

三勇士への反響はすごかった。

二十四日夕刻まで、すなわち一日のうちに陸軍恤兵部へ計二千四百円の慰問金が届けられた。

小学校では教材や学芸会の題材に好んで扱った。

芝居や映画はもちろんのこと、琵琶、浪曲、文楽、歌謡曲と、三勇士を讃えぬものはなかった。

街の床屋では三勇士まげが現れ、「爆弾三勇士」と称する料理まで登場した。爆破筒をはちく筍で、鉄条網をゴボウと大根でこしらえ、くわいを鉄かぶとに見たててあしらってある。

このころ長じゅばんや子どもの衣類に日章旗、軍艦、飛行機が巧みに図案化されて市場に出回り、ネクタイやハンカチにも海軍旗、日章旗がつけられた。

ふつうのおもちゃが店頭から消えて、タンク、飛行機、軍艦、機関銃、軍刀、鉄かぶとが飾られた。「完全に戦時気分である」と、事件から二カ月後の四月に刊行された小笠原長生(ながなり)著『忠烈爆弾三勇士』は伝えている。

爆弾キャラメル、爆弾チョコレート、肉弾○○などと名づけられた菓子類が、子どもの人気を独占した。

「こどもらは喜々としてその爆弾や肉弾を口に入れている」（『忠烈爆弾三勇士』より）

こんな世相のなかで、国防婦人会は産ぶ声をあげた。

三勇士の遺族、なかでも三勇士を産み、育(はぐ)くんだ三人の母が、世の女性の同情と共感を呼んだ。

ともに貧しい家庭環境。それがかえって美談を印象深いものにした。

新聞紙上で、そして『忠烈爆弾三勇士』のなかで、三人の母はこもごも語っている。

「よくやってくれました」

「天子様にご奉公できて、これ以上の喜びはない」

人々はこれを信じ、感動した。

しかし、『忠烈爆弾三勇士』の巻頭に掲げられた何枚かの写真を見ていると、どんなことばよりも雄弁に母たちの表情が本心を語っているようだ。

紋付の盛装で宮城の前に立つ三人の母、生家の前に立つ母……。

「今ぞ涙は栄光と輝く三烈士の遺族」

高い調子の写真説明とは裏腹に、母親たちの表情はどれも暗く沈んでいる。

三勇士事件のあと早々と出版された『忠烈爆弾三勇士』は、人間が肉弾となって消えたことへの非難を巧みに封じ込めている。

「空軍から鉄条網を爆撃するとなると、少なくとも二百回の爆弾投下が必要。砲兵がやると三千六百の砲弾が必要……」

弾(たま)より軽い、いのちであった。


最初から「銃後の守り」を看板に出発した国防婦人会だから、軍との結びつきも強かった。

安田、三谷両夫人は会の誕生から三カ月たった風薫る六月、会を全国的な組織にするためわざわざ上京、陸軍省を訪れた。

その結果、二年後の四月には、東京の日比谷公会堂で大日本国防婦人会総本部の結成式がはなやかに行われた。

エプロンと、「大日本国防婦人会」と黒字で染めた白だすきが制服に決まった。

エプロンは、家庭婦人の象徴だ。「国防は台所から」「いつも働いている気分」を代弁するものでもあった。

たすきがけは「命がけ」に通じた。

このとき、すでに会員は五十万人を超えていた。

大阪の国防婦人会は大日本国防婦人会関西本部として、ますます勢力を伸ばしていった。

大日本国防婦人会の組織は総本部の下に師管本部、その下に地方本部、その下に支部、さらにその下に町村や工場、あるいは学校単位の分会があり、末端は班、組に分かれて活動した。

総本部は陸海軍大臣の、地方本部は連隊区司令官、海軍人事部長の監督指導を密にうけていた。

組織をつくるに当たって「軍隊編成の精神をとり入れた」と『十年史』はいう。

「克く一致和偕し精神的結合が鞏固で、会の趣旨精神を会員に隈なく徹底し、会員が幹部の指示に従い快く活動するという精神的訓練は、まさに軍隊に学ばねばならぬ……本会は古代の女軍ではないが、その組織体に流るゝ精神は、まさに女軍の精神を以て精神としたのである」

国防婦人会に対しては「軍のかいらい」とか「軍に利用されている」というかげ口もあったらしい。

それらの批判を、『十年史』はきっぱりと却けている。「あくまで下から盛り上がってできた」という主張である。少し長くなるが、国防婦人会の性格を知る手がかりにもなるので引用してみよう。

「本会が作意的計画的に結成されて出来た会でなく、下から、婦人間に自づと盛り上って出来た。いわば日本婦人として真に起ち上がった会であって、……本会の使命は単なる軍事援護という言葉や、通り一辺の事業のみによって生まれたものではなく、国防国家の確立という根本使命による婦人が、国家の背後にあって国防国家を樹立する国家的使命を以て起ち上がったもので、本会の目的は悠久三千年の歴史の顕現であって、これは、国民が自らの民族使命に自覚した時にはじめて起こるもので、満州事変がいかに日本の将来の運命を導く重大事変であり、かつ、いかに大なる問題を根底に蔵していたかの直感が、国民に把握せられてはじめて本会が盛り上がったのである」

どこまでも女性の「自発性」によるものであることを強調している。

こういう設立精神に基づいて、実践上の宣言六カ条が出された。

一　世界にたぐいなき日本婦徳を基とし、ますますこれを顕揚し悪風と不良思想に染まず国防の堅き礎となり強き銃後の力となりましょう

二　心身共に健全に子女を養育して皇国の御用に立てましょう

三　台所を整えいかなる非常時に際しても家庭より弱音を挙げないように致しましょう

四　国防の第一線に立つ方々を慰めその後顧の憂を除きましょう

五　母や姉妹同様の心を以て軍人及び傷痍軍人並びにその遺族、家族の御世話を致しましょう

六　一旦緩急の場合あわてず迷わぬよう常に用意を致しましょう

具体的にはどんな活動をしたのだろう。

まず戦地の兵隊たちに慰問袋を送ること。

応召して戦地へ赴く兵士たちの歓送迎の接待も大切な仕事。駅に大量の兵隊たちが到着するたびに、すすだらけになって大釜に湯をわかし、茶を入れた。馬の飲み水も用意した。

戦死者の遺骨が帰ってくれれば、弔意を表しに出かけた。

戦没者の葬儀に参列する。出征兵士の留守宅を慰問する。病院の兵を見舞う。軍事思想を普及するための講演会も開いた。機関紙を発行した……。

「みんな無知でも無学でも、どんなことでもやる、いう覚悟でした。純粋に国を守るんだという意気に燃えてたんやね」

自宅の応接間で片桐ヨシノさんは、しみじみとした口調になった。目を閉じれば鮮やかに「あのころ」がよみがえる……。


晴れてお姑さんから許しをもらったヨシノさんは、国防婦人会の活動にうち込んだ。

表通りを兵隊が通れば、台所から裸足のままとび出して、ついて走った。

手紙や葉書の投函、洗濯ものの手伝いなど何か役に立てばとの気持ちからだ。

骨身を惜しまず、休みなく働いた。

あまり働きすぎて、ついには倒れ、四十日も寝込んでしまったこともある。

ヨシノさんの活躍ぶりは、きわだっていた。

陸軍情報局の委嘱で女ひとり中国大陸の戦場へまで出かけた。

「あとのことはご心配なく。どうぞ存分にお国のために働いてください」

と演説をぶち、兵隊たちから〝片桐部隊長〟と喝采を浴びた。

こんなこともあった。

一九三四年（昭和九年）秋、関西一帯を襲った台風は、手ひどい被害をもたらした。被災者約三万八千人。

ヨシノさんらの指揮のもと、国防婦人会のメンバーは、不眠不休で炊き出しに大奮闘した。なかでもヨシノさんは泥水の中を小舟で救援物資を届けて回った。

ヨシノさんが真価を発揮したのは映画を持っての兵隊慰問だ。

片桐家はもともと、代々が医者。

が、ヨシノさんの夫、為善さんは、どういうわけか写真と映画に凝った。自分で八ミリを回したりするうち、趣味がこうじて仕事になった。

当時、大阪の下町、新世界に映画館を五つ経営する大興業主だった。

ヨシノさんは為善さんの協力をあおいだ。

為善さんはいろいろと手を貸してくれた。というのも、弱味があったのだ。

なにしろ、現金収入と暇がたっぷりある。一人、また一人と愛人をつくった。その先々で子どもが生まれていた。

明治生まれの男。「遊びは甲斐性」なのであった。

一方のヨシノさんは、いやみもグチもこぼさない。夫が午前さまで帰っても、こっそり門のかんぬきをはずしておいた。そんな妻のために、為善さんは次々と新しい映画を提供した。いわば〝罪滅ぼし〟だった。

ヨシノさんはおもしろくて勇ましい映画を一度に五本も六本も携えて、連隊や病院を回った。兵隊たちはいつも拍手と笑顔で歓迎してくれた。

「おばさん」「おばさん」と慕われた。

『兵隊さんたちが待っててくれる』

そう思うと、夫とのことであれこれ思い患うのは申し訳ないような気にさえなった。すべてを忘れたように、会の活動にのめり込んでいった。

大阪・堺市にあった金岡陸軍病院の精神科病棟の慰問も許されていた。

当時、精神科病棟は全国で三カ所に設置されていた（小倉、府中）。

戦場で、まわりのものが次々と傷つき、死んでゆく。それに耐えられず〝落ちこぼれて〟精神を病んだ兵隊たちが収容されているのだ。

軍隊の、いわば恥部。

ここの慰問は一部の者に限られていた。

ヨシノさんは、その数少ないメンバーの一人だった。

ここを訪れるたびに、

『戦争は食うか、食われるかだ』

と思い知らされた。

家へ帰り、ひとり息子の顔をつくづくとながめた。

『この子もいつかお国のために働かにゃいかん。戦場では家でかわいがるようにいたわってくれへん。学問も、財産も、関係あらへん。強く育てておかないと……』

ある日、ヨシノさんは息子に呼びかけた。

「お母さんと腕ずもうしてみようか。このごろ鍛えてるさかい、負けへんで」

まさかと思っていたのに、育ちざかりの息子が四十近くになろうとしている女のヨシノさんに負けた。

ヨシノさんの方がショックだった。

息子は片桐家のあととりということで、姑からも父親からも、甘やかされきっていたのだ。

ヨシノさんは決心した。息子と家族を説得し、茨城県内原にあった満蒙開拓青少年義勇軍訓練所に送り込んだ。

そこは軍事教練と農業訓練を二本の柱に心身を鍛え、満蒙開拓の若きリーダーを養成しようとする施設。加藤完治所長はスパルタ教育で名をはせていた。

ヨシノさんの行為は人づてに新聞社に知れて、「翼賛一家」と大きく報じられた。

こんな肩入れぶりには舌を巻くばかりだ。それでもヨシノさんは、「なにも私だけが特別ではない」という。

そのことばを裏づけるように、国防婦人会はまたたくまに日本中をとりこにしていった。

『大日本国防婦人会十年史』で会勢を見てみよう。

一九三四年（昭和九年）四月十日、総本部が発足したときは師管本部二、地方本部八、支部数四〇、分会数一一三六、会員数五四万二八〇〇人であったものが、その年の十二月には師管

本部四、地方本部一二、支部数九二、分会数二三二九、会員一二三万四五二七人と倍増以上の伸び。

盧溝橋事件[注1]をきっかけに日中全面戦争へと突入した一九三七年（昭和十二年）十二月には分会数一万三〇一二、会員六八四万九〇六九人に。

そして解散直前の一九四三年には会員が一千万人にも達していたのである。

しかし、誰もがわれ先にと会員になったわけではない。発足の動機の一つは、多くの女性が兵隊に贈る千人針に冷淡だったことに安田せいさんが怒りを感じたからだった。

それと同じように、初期のころは幹部は会員の勧誘にてこずったこともあったようだ。

かつての国防婦人会のメンバーで、大阪市東区地域婦人団体協議会会長として千五百名の女性たちの先頭に立ち活躍している水田スエヲさんが、こんな苦心談を語ってくれた。


大阪の船場・道修町（どしょうまち）といえば、薬屋さんの町として古くから知られているところ。戦前は大きな薬種問屋や薬関係の商売の店が、ずらりと軒をつらねていた。

どこもゆったりとした暮らし向きで、女性たちも奥さんはご寮（りょん）さん、娘たちもいとはん、こいさんと呼ばれた箱入りで、どちらかといえば世間の出来事にはうとかった。

そのあたりにも在郷軍人会[注2]、町会長を通じて大日本国防婦人会関西本部から分会をつくるようにとやかましくいってきていた。

大阪のど真中にありながら、市岡での国防婦人会の誕生から数えるとすでに二年を経過しているのに、なんの動きもない。

スエヲさんは前々から自分たちの町にも分会をつくるべきだと考えていた。夫も、そして大阪府の南部、泉佐野にある実家の兄も在郷軍人会の役員をしていたという環境からくる自然な気持ちだった。

旗上げのときから協力し、一九三四年（昭和九年）、ついに集英分会を発足させた。いまでいえば証券街・北浜から平野町にかけてのあたり、になろうか。

地元、集英小学校に約百人の女性が集まって発会式。その席で、スエヲさんは会計に推された。やがては集英分会三代目の分会長となって活躍する……。

分会の事務局は小学校のお向かいの集英幼稚園の園舎を借りることになった。

さて、いよいよ会員を募らねばならない。

幹部四十人がそれぞれ割りあてで一定区域をうけもち、隈なく個別訪問をして、入会を勧めてまわった。

「それがねえ、全然あきませんのよ。なにしろ奥さま、お嬢さまばかりでね、非常時というのに、のんびり構えていて……」

このときはよほどくやしかったらしい。話しながら、スエヲさんの口元がゆがんだ。

入会も、入会後の活動も、しぶしぶ、という様子がありありと見えた。

ときには夜遅く、急に人を集めなければならないこともあった。

そんなとき呼びに行くと、居留守をつかわれた。

スエヲさんはひるまなかった。

「そんなことおまへんやろ。さっき、お姿見ましたで」

とズケズケいう。

するとと、やっとお手伝いさんを身代わりに出してくるというありさまだった。

「ときには警察を通して人を出すように各お家へいうてもろたこともおました」

活動の記録、分会日誌はスエヲさん自身の手で欠かさずつけていた。

行事や活動のため集まるたびに、参加者の名前をきっちりと書き込んだ。

「そんなのも、大事な書類も、空襲で幼稚園ごと焼けてしもうて……」と、スエヲさんは残念がる。

そのかわり船場の面目躍如だったのが、会館建設の募金活動だ。

大日本国防婦人会関西本部が活動の拠点として自分たちの会館を建てることに決め、一円募金を呼びかけた。

大口の寄付は募らず、一人ひとりの〝赤誠〟のあかしとして、額は少なくてもいい、少しでも多くの人たちから集めようという精神運動も兼ねた募金活動であった。

関西本部には、続々と寄付帳が積み上げられていった。

名前の下に十銭、二十銭、という額から一円クラスがずらりと並ぶ。

ところが集英分会はスエヲさんたちが各家を回ると一円お願いしますといっても、労力奉仕の低調を埋め合わせるつもりか、たいてい三円は出してくれた。

効率のいい資金集めぶりが関西本部の役員を驚かせ、また喜ばせもした。

ついでながらスエヲさんは十円はりこんだ。

一九二〇年（大正九年）、二十一歳で嫁いで来た先は、明治のころからの箱屋であった。

薬を入れる箱を専門につくる。
決まった得意先の仕事だけをする、安定した商売であった。

このように初期にはちょっぴり強引な誘いもあったとはいえ、国防婦人会の活動が多くの女性たちの気持ちをとらえたことはまちがいない。

なぜだろう。

一つにはこむずかしい理屈抜きに、活動の基盤を「日常」に徹底したことにあるようだ。『十年史』には、活動基金を集めるために会員がどんな努力をしたかが具体的に紹介されている。

例えば、こんな具合である。

▽廃物利用の雑布を売って
▽会員に袋を配り、それに家族全員の抜毛を集めておいてこれを売って
▽家庭用品を共同購入して
▽化粧品の空ビン、歯磨剤の空チューブを売って
▽会員で山菜とりに行き、それを売って
▽貯水池の築堤工事に従事して
▽(農村では)縄を作って売って
▽農産物を別に栽培して

涙ぐましいというほかない。

会の主体が家庭婦人だったから、大金が入るあてはない。ケチケチ精神に徹するしかなかったのだ。

いま考えるとずいぶんみみっちく思えるけれど、これならその気にさえなれば、たいていの人にできた。

一九四〇年（昭和十五年）一月、国民精神総動員中央連盟が、全国いっせいに節米報国運動の実施を呼びかけたときも、国防婦人会はいち早く会員たちにこんなビラを配布している。


「節米一割報国運動」

一、飯米は全国各家庭いっさい七分搗(づき)米を常用すること
二、食事に際しては、適量を摂取し、完全咀嚼に努むること
三、磨ぎ方を軽度にして流出米を防止すると共に、残飯の処理に留意する等、一粒の米といえども無駄にせざるよう極力注意すること

あんまりとがず、よくかんで、とずいぶん念のいった注意をしたものだ。

会費の安いのも、国防婦人会の魅力だった。

当時、国防婦人会と勢力を二分していたもう一つの大きな婦人団体、「愛国婦人会」は会員が上流夫人だけに限られ、従って会費は高く、制服もおそろいの訪問着と、誰にでも手の届くものではなかった。

その点、白い割烹着一枚でとび出してゆける国防婦人会は、庶民的で気楽だった。お金より、精神や労力奉仕を尊んだ。

現在も多くの人たちが老人ホームや心身障害者の施設などでボランティアとして働いて、あ

る種の生き甲斐を感じているように、国防婦人会の会員たちも傷夷軍人に花嫁の世話をしたり、貧しい遺家族の救済に生き生きと取り組んだ。

命がけで戦地へ出向いていく兵隊たち、またその留守家族……。

これらの人たちのために親身になることは、女性が、というより人間なら誰でももっているやさしい気持ち、人のために尽くしてあげたい、役に立ちたいという気持ちと少しも矛盾しない。

最初は有無をいわせずであったにせよ、やがて多くの女性たちが自分たちの活動を生き甲斐にまで高めていったとしても、不思議はない。

注1　一九三七年（昭和十二年）七月七日。北京郊外の盧溝橋付近で夜間演習中だった中国駐留日本軍は、頭上で突然、数発の銃声を聞いた。弾の方角は、中国軍兵営のあたり。中国側は実弾発射の事実を否定したが、日本軍は耳をかそうとせず、やがて中国との全面戦争へと突入した。当時は「北支事変」と呼ばれた。

注2　帝国在郷軍人会は一九一〇年（明治四十三年）に設立された。現役から解放された元軍人と、補充兵とで組織する軍直属の団体。地域にあって軍国主義推進に大いなる役割を果たした。

第六章　女のいくさ

大阪で、出征兵士の見送りに出かけた一女性が提案して生まれた国防婦人会。
やがて「国婦会員にあらざれば人にあらず」とまでいわれるほどになった。
会員たちは熱に浮かされたように、〝聖戦〟に協力していった。
多くの女性たちをとりこにした魅力はどこにあったのだろうか。

太平洋戦争がはじまったばかりの一九四二年（昭和十七年）、軍部から「大日本国防婦人会」に解散命令が出た。

いくさは、これからが正念場。会の勢いもまさに絶頂というときの命令だった。

軍部の意図は、国内の主な婦人団体を統合、一本化することにあった。そのころ、全国的な組織を持つ婦人団体は二十余り（一九四〇年版・婦人年鑑による）。これをひとまとめにして新組織をつくり、そっくり軍部の掌中に入れる。そして号令一下、〝聖戦遂行〟のために全面的に協力させよう、という計略だった。


だが、小さな波紋が起こった。

せっかく築き上げ、充実させ、軍隊のお役にも立ってきたのに、お上の都合で解散させるなんて……という不満が、とくに最も活発な運動を展開させてきた国防婦人会の内部に渦巻いたのだ。

同じ有力組織の「愛国婦人会」に対する反発も根強いものがあったらしい。

一連の記録や証言を集めているうち、私は一つの原稿を発見した。すっかり黄ばんだその紙切れは、大日本国防婦人会関西本部の最後の総会に読み上げられた〝あいさつ〟文だった。

とき昭和十七年二月十二日。最後の総会は、事実上の解散式である。少し長いが、そのあいさつ文を紹介してみよう。

……さて皆様今日の集まりは総会と申しますものの、白エプロン、白だすきのなつかしい御姿でお目にかかるのは、これが最後であると思います。

とき今更ながら過ぎし十年の数々が走馬燈のようにひしひしと胸にせまって御挨拶を申し上げる勇気もなく、ただただ苦闘の涙、感激の涙で胸一杯でございます。

私共は生みの陣痛をよく存じております。また育ての苦労の数々もよく知っております。御主人の顔色を気づかって出ていただきました。袖にすがる愛児をふり切ってとび回っていただきました。あるときは乳のみ子を背負って出動していただき、また深夜午前二時とか四時というのに、あの火気一つないプラットホームの地下室で身をふるわせながら奉仕したことも幾度か。蒸し暑い真夏に穴蔵のような薄暗いあのバラックの中で汗と油で黙々として何百万という袋入れ（注・軍隊へ贈る慰問袋に品物を詰めこむ作業）に働いていただきました。

乳母車をおし、リヤカーを曳いて屑物集めをしたこともありました。

また前線勇士の笑顔を胸に浮かべながら、真心こめてモンペイ姿でかいがいしく何十万という慰問袋の山を築きあげ、われながら喜んだこともありました。

かくして十年は過ぎました。思い出多き歳月は行き去りました。……ああ、よくこそやって下さいました。よくもあれだけ辛抱して下さいました。お別れにあたり思いは千々に別れて尽きせぬ浜の真砂でございます。まことにありがとうございました。……

私共は白エプロン、白だすき姿で十年の月日を通し切って来ました。そして今、その白だすき精神は私共の魂となりきっておると信じております。その心は純であり真白であります。……たとえ今日この日、この時を最後に白だすきと別れても、十年間鍛えに鍛えた白だすき精神は私共の心の奥底に、血に肉にしみ込んでおります。この白だすきこそ戦場の勇士の千人針の如く、肌身離さず抱きしめやがて全日本婦人の魂となることをかたく信ずるものであります。

皆様に申し上げます。今こそ、この精神を生かすときが来ました。これからは、この精神にみがきをかけるときが来るのであります。勇みましょう。互いに手をにぎり合って進みましょう。そして困ったとき悩んだとき、苦しいときには、いつもこの魂、この力を呼び起こして、まっしぐらに何物にもこだわることなく躍り進みましょう。これが神の国日本の女性であり、大東亜建設の日本婦人の責務であり、また国婦会員の面目でもあるのであります……

すすり泣きが、さざなみのように会場いっぱいにひろがった。役員たちはみな、不本意な解散に口惜し涙を流した、と記録は語っている。

同じ日、東京の国防婦人会総本部も解散の総会が開かれた。会場の軍人会館（九段）では陸軍大将だった故・武藤信義氏夫人、能婦子会長があいさつに立っていた。

「白妙の衣、玉だすきと別れるときが参ってしまいました。なつかしきこの制服！　かくて光輝あるわが大日本国防婦人会は、玉となって砕けました。私どもは今更、女々しき繰り言は申しませぬ。あっぱれ、これを発展的解消と申しましょう」（『大日本国防婦人会十年史』から）

どちらのあいさつも、未練たっぷりだ。

軍の命令とはいえ、せっかくの伝統や活動ぶりをご破算にしてまで他団体と一緒になりたくない、という拒否反応。とくにライバル組織である「愛国婦人会」と歩調をそろえなければならないことを思うと、国防婦人会側は一様に気が重かったようだ。

「愛国婦人会」の歴史は古い。遠く一九〇一年（明治三十四年）、奥村五百子の提唱で生まれた。一九四一年（昭和十六年）七月に刊行された『愛国婦人会四十年史』の巻頭には、皇室の女性をはじめ上流夫人たちの写真がずらりと並んでいる。会員は主として有産階級。

伝統と格式を誇り、軍事的援護のほかに保育所や夜間学校のような慈善事業的な活動もした。なんといっても「豊かな財力」が強みであった。

が、戦争が拡大していくにつれ、組織も庶民化した。解散当時の会員は、国防婦人会の約半分に相当する四百五十万人に達している。

国防婦人会元幹部のひとり、片桐ヨシノさんにライバル評を聞いてみた。

「あんなもん、ゾロッと着流しで、何ができますの。そこへいくと〝国防〟の方はもんぺとエプロン。そら実用的で、ずっと人気がありましたでェ」と、手きびしい。

ヨシノさんばかりではない。かつて国防婦人会のメンバーとして活躍した人たちは、「愛国婦人会とは、なんとなくうまくいかなかった」と口をそろえる。

なにしろ、どちらも女性ばかりの組織。活動内容も似ている。勢力を二分する有力グループ同士。さまざまなトラブルもあった。その内容については『愛国婦人会四十年史』にも『大日本国防婦人会十年史』にもちゃんと記録されている。

第一線では一人でも会員を増やそうと、互いにしのぎを削って奪いあった。目に余ることもあったのだろう。一九三八年(昭和十三年)には二つの団体とも、それぞれの会長名で「親和提携に関する件」という声明文を会員に流しているほどだ。


一片の声明文で問題は解決しなかったらしい。泣く子も黙る軍部のお声がかりなのに、国防婦人会は一貫して婦人団体の統合に反対しつづけた。愛国婦人会の側はさほどでもないのに、国防婦人会の方は頑(かたく)なといってもいい態度で、自分たちの会の〝優越性〟を誇示している。

その『十年史』を読むと、相手に関するいくつかの皮肉や批判があるのに気づく。

「(愛国婦人会は)軍部の監督権の及ばない団体で、ただ陸軍大臣のみが顧問となっているにすぎませぬ」

「愛国婦人会側の言うがごとき、それ程度の軍事援護や銃後奉仕のみを重大事とし、その根底である国防国家の確立という真に国家興廃の一大事を忘れて、あるいはそこまでを知らずにか、または表面的、浅いことのみしか取り上げない立場からか、とにかく本会の真の使命、真の精神を解しない一部の者は、本会と愛国婦人会との合同を論ずるようになった。本会の隆々たる会勢発展をよろこばずにか、軽々しくこの問題を論ずる者も相当あった」

愛国婦人会などと一緒にされてはたまらないと、はっきり主張しているだけではない。「自分たちこそが、最大の戦争協力者だ」と誇らしげにアピールしているのである。

私は、とまどった。

私自身には戦争体験はない。しかし、両親は東京大空襲で焼け出されたし、現在も戦争が残していった重荷に耐えている人たちが周囲にいっぱい、いる。

中高年の女性と戦争について語れば、食べるものがなくてつらかった話、御真影に向かって毎日おじぎをしなければいけなかったのが子ども心にもいやでたまらなかった話、空襲警報がいまだに耳に残っているという話……、どれもこれも、戦争でどんなにひどい目にあったかという話に終始することが多い。

けれども、当時の女性が書いた書物、例えばこの『十年史』を読むと、自分たちがいかに戦争に協力したかを随所に強調している。軍部の男たちに躍らされたからだろうと思いたいけれど、この過熱ぶりや誇らしさには、つい心が寒くなってしまうのだ。

ナチスを率いたヒットラーには、熱狂的な女性の親衛隊が大勢いたという。

純粋さ、ひたむきな点は女性の長所である。しかし、それを逆手にとって巧妙に誘導されたときの恐ろしさ。

私は、同性として複雑な思いにかられた。

個々の婦人団体が軍の命令で解散し、「大日本婦人会」として一つに統合されたのは、太平洋戦争に突入した翌一九四二年（昭和十七年）二月。軍部は、これで日本の組織女性の大半をボタン一つで思うがままに動かせるようになった。

しかし、それは「大政翼賛会」の結成より一年以上も遅れて実現した。さすがの軍部も、女性たちに手こずらされたということなのだろう。


国防婦人会側から見れば、無念の解散、統合であった。

そのせいか、かつては役員として寝食を忘れて活躍していた女性たちのほとんどが、新しく結成された「大日本婦人会」の役員陣には加わらなかった。

そのなかで、田中与志さんという人が新しい組織でも役員をつとめた数少ないひとりと聞いた。与志さんは一八九二年（明治二十五年）生まれ。九十歳を迎えたところだという。

大阪・難波と和歌山を結ぶ南海電車の「泉大津」駅で降りて五分くらいのところに与志さんは住んでいた。家は材木屋さんだった。

「大日本婦人会へ行かんか？　いうて誘われましたときな、正直いって気持ちはあまりすすみませんでした」

与志さんの追憶談を聞いてみよう。

「なにしろ三谷（英子）さんがな、病気で弱りはって寝てなさったのに、わざわざ車でここまでおいでて、わたくしの手を握り、田中さん、あと頼みますよ、国防婦人会のこと、どうぞ頼みますよ、いうて、なんべんもいいなすったんです。そんなことがあったんですからね、新しい方へ行け、いわれてもそうすんなりとはねえ………」

それが結局、役員として再び出ていくことになったのは、夫が退役軍人で在郷軍人会の分会長をしていたからだという。

　国防婦人会の役員に推されたのも同じ理由からだった。

「国防婦人会でも内部に勢力争いがありましてね、会長になりたいとか……。そんなんを見てきたから、もういやだったんです。けど主人の方の線からいわれますとねえ」

　どんなに気がすすまなくとも「戦争遂行のため」という大義名分には誰も逆えなかった時代だ。

「ほかのお方は、たいてい新しい役員には出てはりません。やっぱり、無理に解散させられたというような気持ち、反発が強かったんやないでしょうか。そら、国防婦人会はいまから考えても生き甲斐がありました。朝、起きたら一番にあのおうち、きょうはどうしてはるやしらん、うまいことといけるかしらん、こっちのおうちはどうやろと案じて見に行く、いう具合でね」

　国防婦人会時代のことはいくつか鮮明に覚えている与志さんなのに、統合されてからの婦人会活動についてはさっぱり記憶がない。自発的に盛り上がってできた団体と、上から押しつけられた団体との違いだろうか。

　古いアルバムをのぞき込みながら与志さんと話していて気づいた。主婦というのに遠方へ再三出かけているのである。

　そういうと与志さんは、恥ずかしそうに笑って教えてくれた。

「なんやしりませんけどね、国防婦人会をひろめるために、ようあちこちへ講演に行きましてね。なぜか、わたくしによくお声がかかって……」

　写真に写っている三十代の与志さんは、切れ長の目の、きりっとした美人だ。九十歳のいまも、声はよく通る。

「高等女学校も出ておりましたのでねえ、会員を増やすための宣伝の道具に使われたんでしょうかねえ」

夫があり、男三人女三人あわせて六人の子の母。材木店の主婦でもある。

それでも「国のため」ということで日帰りや一泊の講演旅行が許されたのだろう。

それにしても、秋田まで一週間のひとり旅をしたことがあると聞いたときは、いささか驚いた。

与志さんも、よほど印象深かったらしい。

「よかったら、ぜひ聞いてくださいませんか」と、身を乗り出してきた。

「あれは紀元二六〇〇年の年ですさかい、昭和十五年(一九四〇年)でした」

与志さんが戦地へ送った慰問袋がきっかけで、秋田県神宮寺町出身の高橋礼三曹長と文通をするようになった。

その高橋曹長が、中国で戦死。残されていた手紙から、与志さんのところへ通知が来た。

四国の高松に、遺骨が帰るという。

秋田の両親に知らせても、とうてい間に合わない。

「えらいことや思うて、主人にどうしましょうと相談したら、おまえが行ったらええやないか、いうてくれて……。あのときはうれしかったです。ほな、行かしてもらいます、いうてその足で高松へ向かいました」

遅れて着いた高橋曹長の両親とも、高松で初めて会った。

「まあ、あなたさまは、あなたさまは……ちゅうて、わたくしの手を握ってご両親がお泣きになりましてなあ……」

話しながら、与志さんもすっかり涙声になっている。

亡くなった礼三さんの墓に、記念の碑文を書いてほしいと頼まれた。その墓碑が完成したとき、招かれて秋田へ行くことになったのだ。

大阪から日本海沿いに、秋田へ。

エプロンとたすきは、もちろん忘れなかった。

神宮寺町では近所の農家の婦人たちを集めて話をした。近くの温泉地の病院で療養している傷病軍人も慰問した。

「一生、忘れられない思い出です」

しみじみとした口調だった。

旅の話をしているとき、色白の頬がまるで少女のように紅潮していた。

ひとりの主婦が、一週間も家を留守にしたのだ。

現在でもかなりむずかしいことだろうが、戦前は遥かに窮屈だった。女は家にいるべきものとされていた。

だからこそ、与志さんが自分の人生のなかでも画期的なこととして覚えているのだ。

与志さんは、京都の豪商の娘。木材と木炭を商うその店は、表から裏まで一丁（約百九メートル）もあったという。

京都府立第一高等女学校を出た。

京都御所のまん前にあり、東京の華族女学校に匹敵するような格式の高さを誇っていた。

「上級生には九条武子さんなんかいはりました。一条さん、三条さん、六条さん、九条さん、こういう方ら、みなお友だちでした」

日本古来の婦道を、徹底して教え込まれた。その与志さんが、しばしば家をあけるチャンスを与えられたのは、国防婦人会の役員をしていたからだともいえる。

国防婦人会の目的は、戦争遂行のために家庭基盤を整えることにあった。

その意味では家制度の枠を一歩たりとも出るものではない。

しかし、現実の活動をするためには、家を出なければしかたがない。

女性たちは、「国のため」という大義名分のもとに、公認で社会活動をすることができた。かつてないことだ。

私は国防婦人会の資料の中に埋もれていた一枚の書きつけを思い出した。

「許可証」と仰々しく銘打った紙切れには次のように書いてあった。

拙者妻安田せい財団法人大日本国防婦人会関西本部会館の理事に就任する事を許可す
昭和十五年
右夫　安田久吉

三谷英子の夫、義久の名前の許可証もあった。捺印までしてある。

安田、三谷両夫人は、国防婦人会の生みの親である。それぞれ初代副会長、会長として精力的に活動していた。

そんな女性たちでも、会館の理事になるくらいで、ものものしく夫の許可を得なければならなかったのだ。

だが、たとえそうだとしても、家に縛りつけられてばかりいた女性にとって、社会に出て活動できるということは、いまの私たちには想像もつかないほど魅力的なことだったのではあるまいか。

がんじがらめに女性を縛っていた縄が、ほんのちょっとにせよ、ゆるめられたのだから。

国防婦人会というものが、どうして当時の女性たちの気持ちをあれほどまでにとらえてしまったのか。その疑問が、与志さんの話を聞いているうちに、少し解けた気がした。

第七章　見えなかった戦争

お国のために——と一身を投げうち、食べるものも食べずに女たちは銃後を守った。その戦争は、いったいなんのためのものだったのだろうか。

最愛の者を多く失ってまで戦い抜く価値のあるものだったのだろうか。

わからなかった。女たちには見えていなかった。その戦争がどんな戦争なのか。

元国防婦人会の役員を中心に、私は数多くの女性たちから〝証言〟を集めて歩いた。みんな戦争中をおとなとして過ごした人。その取材をすすめるうち、意外なことに気がついた。

最初は「いまさら」とためらい、なかなか会おうとしてくれなかった人たち、あるいは堅い表情のままポツリポツリとしか答えてくれなかった人たちも、話し込むうちに次第に熱っぽくなり、やがては目を輝かせ、身を乗り出して雄弁に説明するようになってくる。揚げ句は、

「まあ、久しぶりでなつかしい話をさせてもらいました」

「あのころは、ほんとうに生き甲斐というものがありましたよ」

と口をそろえる。

結局は歓迎してもらえたことに、かえって私は戸惑った。

男性はともかく、女性は全員、戦争なんてもうこりごりと考えているに違いない。いまになって、国防婦人会の元幹部なんて書かれたら大迷惑だろうと思い込んでいたからだ。

男性には「戦友会」というものがある。

かつて戦場でともに戦い、助け合った仲間たちの集まりだ。定期的に集合しては思い出話に花を咲かせ、酒の席なら当然のように軍歌が飛び出す。

正直いって、いやだなと思う。

そばから見ている限り、あの戦争をなつかしんでいるとしか思えないからだ。

だが、似たような団体は、女性にもあることがわかった。

「かえで会」

国防婦人会集英分会の会長として活躍した水田スエヲさんたちを中心にしたグループで、戦後すぐに結成したのだという。

メンバーは集英分会の分会長と副会長経験者合わせて十人。年に一、二回、集まっては食事をしながらワイワイ話し合う。

話題の中心は、かつての国防婦人会の活動のあれこれ。まるで「戦友会」みたいだなあと驚いた。

会の目的はなんなのか、スエヲさんにたずねてみた。

「国防婦人会のこと、忘れたくないいう気持ちからですよ。みなさん、そう思ってはりましてね」

スエヲさんの返事は、くったくがなかった。

その日は外が暗くなっても、話が尽きないのだという。

「でもね、それももう自然消滅ですわ。いまは九十四歳になる元副会長と私と、二人だけしか残ってません。みなさん亡くなりはって……」

スエヲさんは淋しそうに笑った。

スエヲさんだけではない。

泉大津の分会長をつとめた田中与志さんも、似たような会を作っていた。

こちらは「しのぶ会」という。

やはり国防婦人会の役員が構成メンバーで、戦後もずっと月に一度ずつ持ち回りの会を開いてきた。

会の名前は「昔をしのぶ」からとった。

こちらも次第にメンバーが減り、現在では五、六人とか。

「寝込んでる人やら、ちゅうぶ（中風）で歩けない人やらで、ここ三年ほどなんにもできませんです」

与志さんもまた、淋し気だった。

女性たちにも戦争をなつかしむ気持ちがあるのだ、と決めつける気はない。

この人たちが国防婦人会の役員をしていたころといえば、たいてい三十代から四十代にかけて。女の一生という点から見て、いちばん充実していた時期と重なる。

そして、心の片すみのどこかに、自分を投げうって国のために尽くしたという満足感を抱いていることも事実だ。

だからこそ「しのぶ」ゆとりももてるのだろう。

お互い、ようやりましたなあと、ごくささやかな満足感を戦後もかみしめてきた女性たち。

〝聖戦〟と信じていたからこそに違いない。

事実、そう信じ込ませる材料ばかりを国は一方的に流した。

世界中どこの国の出来事でも、重要なニュースならほとんどその日のうちに知ることができる現在の私たち。

自分たちの〝参加〟している戦争が、客観的に見ればどういう目的のものなのか全くわからないなんて、現代の常識では信じられないことだ。

しかし、八月十五日の敗戦まで、日本の国民は知る権利などもっていなかった。一人ひとりの発言から報道まで、国がいっさいの情報を管理していた。真実を知らせないための法律が、なんと二十六もあったのだ。

ややこしいけれど、挙げてみよう。

治安警察法、治安維持法、言論・出版・集会・結社等臨時取締法、思想犯保護観察法、国家総動員法、国防保安法、新聞紙法、新聞紙等掲載制限令、出版法、不穏文書臨時取締法、電信法、無線電信法、映画法、広告物取締法……。

国のいう通りの報道をしなければ、新聞社は紙がもらえなかった。

短波ラジオを持っているだけで、国民は罰せられた。

外国の放送をもれ聞いて、戦況についての真実を知られてはまずい、という理由からだ。具体的な事実の積み重ねから何かを判断しようとしても、国民はその事実を知る手がかりさえ奪われていた。

例えばこの映画。当時の女性たちに、もしこれを見る機会があったら――。

戦争遂行のためにあらゆる窮乏生活に耐えた日本女性の底力とエネルギーは、また別の方向に向けられたのではないだろうか。

『語られなかった戦争――侵略』

こんな題名の小さな映画の上映会が、いま全国各地に草の根的にひろがっている。

太平洋戦争がはじまるまでの日中戦争当時、日本軍が中国でどういうことをしたかを描いたドキュメンタリー映画だ。製作者は、静岡市で市立中学校の社会科教師をしている森正孝さん。

私が見たのは一九八一年（昭和五十六年）三月の終わりだった。

三重県の山間部、大安町で私塾を開いている山北深香さんが森さんを招き、生徒たちとともに上映会を開くというので出かけたのだ。


映画は軍靴の音ではじまる。

一九三七年（昭和十二年）の盧溝橋事件をきっかけに、日本軍は全面的に中国へ攻め入った。

描かれるのは、まず「南京事件」。

生きたまま石油をかけて殺す、銃剣でめった突きにする、機関銃で撃ち殺す、集団へのいっせい射撃、自分たちで穴を掘らせ、生き埋めに……。

当時のニュースフィルムや写真を編集した映画は、日本軍の行動を生々しくとらえている。

中国人の首を切ろうとする日本兵。

その口元に笑いが浮かんでいるのを、カメラははっきりと映し出す。

思わず、目をつぶってしまいそうになった。

日本軍の手にかかった死者の数についてはいまだに論争が続くが、中国側の発表では三十万人以上、極東国際軍事裁判の判決によると二十万人とされる。

「三光作戦」というのもあった。

光とは中国語で「尽くす」の意味。焼き尽くし、奪い尽くし、殺し尽くす……。

山東省の八路軍の拠点では、狭いすき間に押し込められ、立ったまま殺された二百人の子どもたちがいた。

子どもに対する殺りくは、とくに悲惨をきわめた。

日本軍による強姦事件も、ある外国人記者が確認しただけで四百数十件にのぼっている。強姦した女性と一緒に写真におさまっている日本兵、強姦したあと腹を裂いた日本兵、そのなかには妊婦もいた。

腸が体の外へ飛び出した女性たちの無残な姿が、次々に画面に映し出される。

こみあげてくる吐き気と怒りをこらえていると、目の前がボーッとかすんだ。

「こういう行為をしたのは日本の軍隊。つまり私たちの父や祖父であったかもしれないのです」

映画は、こう締めくくられていた。

こういう出来事を、銃後を守る当時の日本女性はなにひとつ知らされていなかった。中国の主要都市陥落のニュースが伝わるたびに、手に手にちょうちんを持って行列に加わり、勝利に酔うことはあったけれど……。

この映画を塾の教室で上映中、参加した二十人の中学生、高校生たちは身じろぎもしなかった。

映画が終わっても、誰も立とうとしない。口もきかない。目をまっ赤にしている女の子がいた。

森さんが、黙って映写機を片づけた。

「日本史を教えていてね、首をかしげることが多かった。教科書では近代の戦争を描くのに空襲、原爆など、被害者としての側面は割合よく出てくるけど、太平洋戦争に至るまでのことがあまり登場しない……」

少年少女たちと車座になって、森さんは静かに語りはじめた。

在日朝鮮人の友人がいたおかげで、戦争を別な視点から見直すことができたという。

「昭和の初めから、日本はどんどん大陸へ進出した。その結果としてヒロシマがあり、ナガサキがあったわけなんだが、この辺のところを教科書ではごく簡単にしか触れられていない。これでは生徒たちに戦争というものを正しく伝えることができないと思ったんだ」

休みを利用して、東京の図書館、古本屋を回った。

生き証人を訪ね、秘蔵の写真を借りる交渉をした。

聞き取りは、ほとんど拒否されたそうだ。

資料集めに三年。シナリオ執筆と撮影、編集に一年。

映画は一九八〇年（昭和五十五年）八月にできあがった。

市民団体、住民運動グループ、教師たちの手で、いま上映会は野火のようにひろがっている。

森さんは、時間の許す限り出かけていって、集まった人たちと話す。

森さんをとり囲んだ中学生、高校生たちは、押し黙ったままで感想らしい感想をいうことができない。

ひとりの女子高校生がぽつんといった。

「父や母から聞かされていた戦争の話と、ずいぶんちがうわ……」

塾長の山北さんは、まだ二十代半ばの若い女性だ。

三重大学の教育学部を卒業して教師になるかわり、塾を開いた。

乳児をかかえているのに、中学生や高校生と一緒に勉強できるのが楽しくてたまらないという。

二十人もの生徒が「合宿」と称して、しばしば泊り込んでゆく。

数学や英語の学習だけでなく、今度のような映画会や、読書会も開く。

「殺されるのはいやだというのと同じ強さで、殺すのもいやだといえる人間になってほしいのです。戦争って、結局殺し合いですものね」

夏には、生徒たちみんなと広島へ行って、被爆者と語りあってみたい、と山北さんはいっていた。

夜ふけ、帰る私をローカル線の小さな駅まで、みんなで見送ってくれた。

人気(ひとけ)のない改札口に鈴なりになった少年少女たちの一人ひとりと握手した。

温かい手を握りながら、森さんと山北さんが計画したその日の映画会が、彼らの胸に確実に何かの種を撒いたことを感じとった。私には、それがうれしかった。

映画よ。ひろまれ——。

それにつけても、さまざまな事実を知ることができないというのは、なんと恐ろしいことだろう。

「南京大虐殺」ひとつをとっても、当時もしこれが報道されていたら、日本国民はどう反応しただろう。聞きすごしたまま沈黙し、ひたすら戦争遂行のためにそれまでと同じように働いていただろうか。

非戦闘員である中国の女性や子どもが、ほかならぬ日本兵の手でひどい目にあわされたことを、日本の女性は黙殺できただろうか。

国防婦人会の会員たちは、どう対応していただろう。

戦後になってから、戦時中はひた隠しにされていた事実が次々と明らかになった。

さまざまなマル秘の資料や、戦争中には語れなかった証言。その一つひとつが「満州事変」から日中戦争、そして太平洋戦争へと戦火を拡大させ、多くの犠牲者を生むことになった責任の大半は日本の側にあることを教えてくれた。

国の手で目かくしされて戦争を担わされた者も、私のように戦後に生まれた者も、いまなら同じように冷静に戦争について見直すことができるはずだ。


「坂道をころがるように、戦争になっていったんですよ。でも、いったんはじまったら勝つために力を尽くさなあかんと、それはもうみんな思ってましたね」

国防婦人会の元幹部、片桐ヨシノさんは当時のことを思い出していう。

「負けたら奴隷なんですものね、女だといっても国がのるかそるかのとき、加担するのはあたりまえやありませんか」

日本が、中国へ侵攻していったことも「しかたなかった」と考えているヨシノさんだ。

「そやかて日本がいまにもパンクしそうになったら、どっかへはみ出さんとしょうがおまへん。初めからやっつけよう、いうわけやない。日本人がはみ出したから、どこかで生きのびようというわけです。そうでしょ」

あいづちを打てないでいる私に向かって、ヨシノさんはたたみかけてきた。

「悪気はないんですよ。ただ、そのようにしなければ、日本が伸びていかない。だからこそ朝鮮も併合したわけでしょ。朝鮮の人はまるでとられたようにいうけど、いろいろな面で発展して得るところもあったんです」


戦後、ヨシノさんはいち早く社会福祉事業に取り組んだ。

なかでも戦争未亡人の救済に、私財を投げ出した。

「あとのことはどうぞご心配なく、いうて出征兵士を見送りました。国のために戦って亡くなった人の遺族です。ほっといたら兵隊さんたちにうそをついたことになります」

片桐家は、大阪市西成区の住宅街にある。

空襲をまぬがれた古い住宅地で、その一角、五百坪の屋敷に二百坪の邸宅を構えている。

初めて訪れたとき、忍び返しのついた高い塀の中の家があまり立派なので、深呼吸してから門のチャイムを鳴らさなければならなかったほどだ。

西洋建築と日本建築をうまく調和させた昭和の初めの建物。

内部も贅（ぜい）を尽くしていた。

当時、特別注文して造らせた家具調度類は年月に耐えて、にぶい光沢を放っていた。

そんな自宅へ、戦争で夫を亡くした母子家庭を十三世帯（七十人）ひきとった。

食糧を集めるのには当然苦労したが、なにより困ったのはトイレ。家に四つもあったけれど、その便壺がたちまちいっぱいになった。

三日に一度、ヨシノさん自身がそれを汲み、下水本管のマンホールまで運んで流した。隣近所をはばかって、いつも夜中の作業だった。

国のために夫や息子を亡くした女性が大勢苦しんでいるというのに、国の対策はいっこう進まなかった。

ヨシノさんは母子寮を建て、さらに三十六世帯の母子家庭を入居させた。

未亡人の自立を助けるため、夫から映画館を一つ借りて、女ばかりで映画館の営業をはじめた。

通天閣のすぐ下にある「ロマン座」は、支配人から映写技師、宣伝部員、チケット係……すべて女性ということで評判になり、いつも客であふれていた。

「ピンク」という名の美容院も次々とオープンさせ、未亡人たちに技術を身につける場を提供した。

ヨシノさんのもとから社会に巣立った母子は、延べ千人を超える。

一家の働き手を戦争で失った家族のために、黙って肥桶をかついだヨシノさん。

中国大陸へ侵攻したことは、日本が伸びるために仕方なかったんだと言い切るヨシノさん。

相容れない二人のヨシノさんが同居しているように見える。

母子家庭を手助けする役割をようやく終えて、現在は自衛隊が生き甲斐だ。

「二度と戦争はいやですよ。しかし、振りかかってくる火の粉は払わなけりゃいけません。それには日ごろから準備がいるんです。防衛力は絶対、必要ですよ」

自宅には、自衛隊最新鋭戦闘機や艦船の大きなパネル写真が何枚も飾ってある。自衛隊からの感謝状やトロフィーも並んでいた。

戦前から戦後へ——。

変わらぬひとすじの道を歩き続けているヨシノさんのことばには、ゆるぎがなかった。

第八章　ひとすじの道

かつて、国防婦人会の幹部として活躍した女性の一人は、戦後、ためらわずに「自衛隊おばさん」に。

戦中から、戦後へ、変わらぬ道を歩き続けている。八月十五日などまるでなかったように——。

一九八一年（昭和五十六年）十一月、片桐ヨシノさんに誘われて、千葉県にある陸上自衛隊第一空挺団（習志野）を訪ねた。

空挺部隊（落下傘部隊）の自由降下訓練を見学させてあげよう、というのだ。

戦時中、国防婦人会の幹部として活躍したヨシノさんは、いま自衛隊中部方面隊（伊丹）カウンセラーであり、大阪防衛協会理事でもある。

戦後は物心両面で自衛隊に協力を惜しまない自称〝自衛隊おばさん〟。

実際その通りで、月のうち二十日は家をあけ各地の自衛隊駐屯地や基地の慰問に費している。黒い愛車には、毛布が一枚。専任の運転手がいて、これでどこまでも出かけていく。八十歳を超えているというのに、夜を徹して名神、東名を乗り継ぎ走りつづけることくらい、へっちゃら。その献身ぶりは自衛隊内部でも知らない人はいないほどだ。


その日の訓練は朝十時から。私たちは前夜から出かけ、船橋市内に一泊した。

当日、一人の青年が私たちを宿まで迎えに来てくれた。

カーキ色の制服、短く苅り込んだ髪。左の胸には翼と落下傘とを組み合わせた空挺団の徽章がついている。八代さんという名前で、まだ二十代。札幌市の出身だという。

八代さんは素早くヨシノさんの手から荷物をひき取り、車へ案内した。

習志野駐屯地は車で約二十分。その門をくぐる直前、ヨシノさんは私にささやいた。

「兵隊さんが立ってはりますさかい、窓をあけて、どうぞ頭をさげてあげてくださいな」

えっ、と戸惑っているうちに、車は門の中へすべり込んだ。挙手の礼をしている自衛官の姿が一瞬、視野に入ったけれど、私は窓を開ける暇もなかった。

そうか。自衛官もヨシノさんにかかると〝兵隊さん〟なのだ。

車は、植え込みのある庭を、しばらく走った。どの植木もきれいに苅り込まれ、紅葉の季節だというのに、落ち葉一枚、見あたらない。

「なんとまあ、きれいに手入れしやはって。みんな、ここの兵隊さんらがしはるんでっせ」

私に説明するヨシノさんの声が、うるんでいる。

第一空挺団本部で車を降りた。八代さんの胸についているのと同じマークが、玄関に掲げられている。

第一、というけれど、別に第二、第三があるわけではない。空挺団は全国でここだけだ。

三階の団長室へ案内された。

若月勲第一空挺団長（陸将補）は、がっしりした大柄な人。習志野駐屯地司令を兼ねている。

ヨシノさんの手を取るように迎え、

「とうとう、おいでくださいましたね」

全国の自衛隊関係の施設をほとんど訪問し尽くしたヨシノさんなのに、ここはどういうわけかこれまで縁がなかったのだという。

しばらく休んだあと、隊員たちの訓練ぶりをひととおり見せてもらうことになった。

二階から一階へ降りるとき、階段の中ほどにある踊り場の壁に掲げられた一枚の絵に気がついた。

一面の大空を、いくつもいくつも豆つぶのような落下傘が漂っている絵だ。

『空の神兵』という題がついている。

古び具合から見て、旧日本軍の落下傘部隊を描いたものに違いない。

「し・ん・ぺ・い」

私は誰にも聞こえないように、あまりなじみのないそのことばを小さく声に出してみた。


迷彩色の制服を、こんなに近々と見るのは初めてのことだ。

肩に銃。胸には小さくたたんだ落下傘。背中の背嚢も入れると、装備は三十キロにもなる。

この格好のまま、着地や飛行機から飛び出す訓練を毎日毎日、繰り返しているのだ。

最近、趣味として人気を集めているスカイダイビングなんかを見ていると、ゆったりと空の散歩を楽しんで、いかにも気持ちよさそう。が、着地したときの衝撃は相当なものらしい。

風速五メートルだと二・五メートルの高さからとび降りるのと同じくらい。風速七メートルになると三・七メートルの高さからとび降りるのと同じくらいのショックをうけるというから、へたをするとけがをしてしまう。

まして、戦うために落下傘でとび降りるのだ。できるだけ目標地点に近く、できるだけ素早く戦闘態勢がとれるように着地しなければならない。

訓練の基本は着地。高い台の上から跳んで足、ひざ、もも、腰……と、下から順にくずれるように転ぶ練習を重ねる。

屋外の訓練場には、塔がいくつか建っていた。

一つは跳出塔。航空機から跳び出す動作とともに、決断力を養成する十一メートルの塔。高さ八十三メートルの降下訓練塔。

見回していて、またアレッと思った。

『精鋭無比』

大きく、黒々と書かれた看板が見えたからだ。

空挺団は志願制だ。身長、血圧、肺活量など、空挺隊員になるためには特別の身体検査にパスしなければならない。適性検査もある。そのうえに二十七週に及ぶきびしい教育。これに耐えて初めて、空挺部隊勤務が許される。

〝精鋭無比〟を自負する空挺部隊。

そう思って見るせいか、千五百人の隊員一人ひとりの顔が、なんだか誇らし気だ。口をきりっと結んだまま、きびきびと動いている。

いよいよ自由降下訓練の時間が来た。

若月団長の車に先導されて、近くの演習場へ。

「自由降下は、やはり北海道か富士でないと。ここは狭すぎましてねえ」

広報班長がいったが、あたりは枯れ草以外何もない野っ原だ。

こんなところで子どもたちを思いっきり遊ばせてやれたらなあ、ふとそんなことを思ったりした。

私たちが訪ねた日は、ちょうど月一回の広報日でもあった。一般市民に一連の行事を見学してもらうのだ。

地元の防衛協会会員、警察学校の学生たち合わせて二百人ばかりがすでに来ていて、大盛況だった。

私たちのために、折りたたみ式の椅子と双眼鏡が用意されていた。これもヨシノさんの〝ご威光〟のおかげだろう。

「ほら、あそこです！」

広報班長の指さす方を見ると、十円玉ほどの黒いものが向かってくる。

あわてて双眼鏡をのぞくと、迷彩色に塗りわけられたジェット機がはっきりと見えた。

中型ジェット輸送機C－1。

国産で、人員なら六十人。ジープなら三両積め、戦車の空中投下もできるという。

この日の訓練は、航空自衛隊との連携プレー。C－1は、埼玉県の入間基地からこの習志野演習場まで、二十分ほどでやってきた。

見物人の前へさしかかったとき、胴体からパラパラと何かを撒きちらした。

あっ、と思う間もなく傘の花が次々に咲きはじめた。

見物人の間から、拍手と歓声があがった。

地上三百三十メートルのところで、傘がいっせいに開く仕組みになっているのだ。

等間隔に並んで降りてくるカーキ色の落下傘は、キラキラと光っていた。

風のままにゆっくり、ふんわり。

青空を舞台にくりひろげるタンポポの綿毛のダンスに、しばらく見とれた。

着地した隊員は、みすぼらしくしぼんだ落下傘を脱ぎ捨て、銃をかまえて低い姿勢で駆け出す。

あっちからもこっちからも、バラバラと集まってくる。

彼らの体でかきわけられた枯れ草が、カサカサと乾いた音をたてた。

その音が、これは戦うための訓練なのだ、と私に思い出させてくれた。


「昼食をご一緒にいかがですか。粗飯ですが隊員と同じものを召しあがっていただくのがいいと思いまして、用意させました」

第一空挺団本部へ戻ると、団長に誘われた。

会議室での会食。

細長いテーブルにはクリーム色のプラスチック容器に盛られた麦まじりのご飯、とうふのみそ汁、おでん風煮込み、キャベツの酢のものが、やはりクリーム色のプラスチック盆に乗って、並んでいる。

席につくなり、ヨシノさんが小声でいった。

「あのな、兵隊さんがいつもこんなごちそう食べてると思うたらあきまへんで。兵隊さんはな、そらもう、気の毒なほど質素にしてはります」

クリーム色の盆のかたわらに添えられた刺身、それにデザートのヨーグルトと柿は、この会食のために特別に用意されたものらしかった。

調理はすべて、隊員たちが担当する。

食後、資料館を見ることになった。

同じ敷地内に建つ、古い木造の建物は、一階と二階にいくつかの小部屋があった。

一階には何種類かの実物のパラシュート、空挺部隊員の服装、持ち物、世界各国の落下傘部隊の徽章、訓練のパネル写真などが展示されていた。

二階へあがる。

案内役の久田博之副団長（一等陸佐）は、展示場の入口で帽子をとり、深々と頭を下げた。

薄暗いその部屋には、破れた軍服、古ぼけた銃や刀剣、飯盒、遺書などが、ガラスケースに収められていた。

旧日本軍関係の遺品であることは、一目見ただけでわかった。隣も、その隣の部屋も、同じような遺品や軍服姿の青年の写真で埋まっていた。

自衛隊の誕生は、マッカーサー元帥が一九五〇年（昭和二十五年）に設置を指令した警察予備隊に始まる。一九五四年（昭和二十九年）、自衛隊法によって警察予備隊の後身である保安隊と海上警備隊を改組し、現在の基礎が固まった。

戦争の放棄をうたった憲法が成立したあとにできた組織なのである。

そのために根強い自衛隊違憲論があって、いまも論議を呼んでいるというのに、これほどおおっぴらに自衛隊と旧日本軍のつながりを強調しているのはなぜだろう。

素朴な疑問を解いてもらおうと、かたわらの久田副団長に問いかけた。

即座に、こんな答えが返ってきた。

「それは隊員の精神教育のためなんです。かつての日本軍の〝精神〟を受けついでもらおうというわけです」

久田副団長は一枚の写真の前へ私を案内してくれた。

丸いメガネをかけた丸顔の青年が、小型飛行機のそばで敬礼している。ちょっぴり笑ったような、どことなくひょうきんな表情である。

「この人は、旧軍の落下傘部隊の一員なのですが、沖縄戦のとき大活躍でした。特命を帯びた隊員たちが二度と戻れないと知りつつ飛行機に乗り込んでいくわけですが、そこは多感な若者たちのことです。動揺がまったくないとはいえません。しかし、部隊の指揮に当たっていたこの青年が、ユーモアたっぷりに冗談をとばしつづけ、おかげでみんなは気持ちの余裕をとりもどすことができたのです。部隊の三十名余りは、全員が少しもとり乱すことなく、国のために命を捧げることができました。むろん、彼もいちばんあとから死地に赴くべく飛行機に乗り込んでいったのです」

久田副団長は、元少年飛行学校の生徒だった。お国のために役立ちたいという想いだけを胸に抱いて、青春を生きた。

戦後、東海銀行に勤めていたが、自衛隊ができた年、飛行学校時代の先輩に誘われて、なんのためらいもなく銀行マンの背広を捨てた人だ。

久田副団長のような経歴の持ち主ならともかく、戦時中のこの種の話が、現在の若い自衛隊員たちの心を動かすことができるのだろうか。

いぶかりながら、後ろの八代隊員をふり返った。

彼は、先ほどからヨシノさんの腕をとり、抱きかかえるように寄り添っていた。

「ええ、初めてこの方の話を聞いたとき、感動しました。この資料館へ来るたびに、ほんとうに気持ちがひきしまります」

静かだが、力のこもった口調だった。

「私もやはり、日本が大好きですから」

三十数名を整然と死に就かせた青年が、ここでは英雄になっている。

彼の行為は、現代の青年たちをも感動させているのである。

なにかそら恐ろしい気がした。白い頬のあたりにまだ初々しさを残した八代隊員をみつめ返さずにはいられなかった。


さらに数日滞在して関東各地の自衛隊施設をまわるという片桐ヨシノさんと別れ、ひとり帰途についた。

新大阪へ向かう下り最終のひかり号。いつの間にか細い雨が窓ガラスを走っている。

さっきから「自衛隊」ということばが私の頭の中を行ったり来たりしている。

きょう一日、じかに見たり聞いたり触れたりしたものの中身は、「自衛隊」という呼び名をはるかに超えていたように思う。

「軍隊」と呼ぶ方が、むしろふさわしい気がした。

とくに強くそう感じさせられたのは、人、つまり隊員たちの意識である。

デモ・シカ隊員、落ちこぼれ……。

自衛官の質の低さが関係者を嘆かせていたころがあった。就職代わりに軽い気持ちでやってくるので、訓練にも耐えることができない、などと聞いたこともある。

しかし、少なくとも今日会った隊員たちは違っていた。

団長室で雑談していたとき、そこに居合わせた六、七人は、私が閉口するほど「日本」とか「日本人」を連発した。

外で空挺レインジャーの訓練を見ていたとき、若月団長は誇らし気にこういい切った。

「日本の自衛隊員は、いまや世界一優秀ですよ。毎年、研修のためにアメリカへ隊員を何人かずつ交代で派遣するんですがね、米軍の幹部が驚くんですよ。アメリカの兵隊が一カ月かかってもできないことを、日本の自衛隊員は一週間そこそこでやりこなす、とね。いったいどんな教育をしているのか、教えてほしいと逆に聞かれるほどなんですから。日本人は世界一の優秀な民族ですな。やはり、大和魂が一人ひとりのなかに生きとるんですよ」

幹部だけではない。

自衛隊はもともと志願制。その中からさらにこの第一空挺団をめざして集まっているのだから当然といえば当然かもしれないが、若い隊員たちも、よく、

「日本人だから」

「日本が好きだから」

と口にした。それも、ごく自然な調子で。

別れぎわ、八代隊員がこういった。

「第一空挺団には婦人自衛官がいませんが、いわばクラブ活動みたいな形で航空機からの自由降下訓練を受けている女性隊員は数人います。今度ぜひ見にいらしてください」

婦人自衛官（作者注：二〇〇三年、女性自衛官に呼称変更）は現在（一九八二年二月）陸、海、空あわせて約三千人いる。

一九六八年（昭和四十三年）から女性の採用がはじまって、すでに四百七十人の幹部が誕生している。最高位は一佐だ。

自衛官全体二十四万人からすれば、女性はまだまだ少ない。しかし、最初は文書、会計、通信、衛生などの任務のみだったのに、いつのまにか銃を持ちはじめていた。

東富士演習場では迷彩服に六四式小銃をたずさえた女性隊員が、戦場で戦うための擬装訓練をうけている。

一九八一年（昭和五十六年）暮れ、このことを知った女性たちの反戦グループや基地反対グループが防衛庁長官に抗議を申し入れて話題になった。

防衛庁の広報担当者に問い合わせてみると、

「射撃訓練は〝素養〟として女性もやっています。もうだいぶ前からですよ」

なにをいまさら、といいたげであった。

八二年に入って、防衛庁は防衛医科大学の門戸を女性にも開放するための検討をはじめた、と発表している。

今度の習志野駐屯地訪問で、もう一つ強く感じたことがある。

自衛隊がすっかり「認知」された存在になったということだ。

私が新聞記者になりたてのころ、自衛隊に関する取材をしたことがある。

もう十年余り前のことなのではっきりとは覚えていないが、確か陸上自衛隊中部方面隊の創立記念祝賀行事に神戸市が市の施設を貸し、市道でのパレードを許したことに対して、市民団体から抗議の声があがったのではなかったかと思う。

神戸市、反対している市民たち、中部方面隊の広報……と取材してみて、そのときの広報担当の隊員の態度がいつまでも印象に残った。

とまどいを隠せない様子で、きわめてていねいに行事の意図などを説明してくれた。たまたまその人の性格だったのかもしれないが、口調や態度から、国民感情をひどく気にしていたように私には思えた。

「自衛隊に反感をもたれては困る」という相手の気持ちが手にとるようにわかったからだ。だが、この十年で、自衛隊はすっかり変わった。

保有する装備の面からはもちろんだが〝国民のもの〟として定着したことが、いちばん大きな変化ではないだろうか。

一九七八年（昭和五十三年）、総理府が行った調査では、国民の八六％が「自衛隊はあった方がよい」と答えている。この調査では、それまで相対的に低率であった二十代の支持率が増加しているのが目をひいた。

一九八〇年（昭和五十五年）十月、時事通信社が行った調査でも七八・二％が「あった方がよい」としている。

全国各地の駐屯地では、自衛隊に親しんでもらうためのさまざまな行事を工夫してきた。装備品の展示や戦車、航空機、艦艇などの公開と試乗会。美術展、音楽会、映画会。ちびっこ野球大会、水泳大会などのスポーツ。お化け屋敷や怪獣退治などという催しまで計画して、一度でもいいから自衛隊に足を運んでもらおうと努力を重ねてきた。

習志野駐屯地でも桜が美しく咲きそろう四月上旬にはお花見を呼びかける。五月中旬には盛大な創立記念行事。八月上旬には落下傘塔を舞台に盆踊り大会や花火大会がにぎやかにくりひろげられる。そして秋には大運動会……。

そこで付近のおとなや子どもが目にするのは、鍛えた体できびきびと一緒に遊んでくれるやさしいお兄さんたちなのだ。

日曜や祝日には、地域住民のスポーツやレクリエーションの場として駐屯地を開放している。自衛隊が多様に展開してきた地域浸透作戦は、どうやら見事に成功した。

何より災害時の献身的な救助活動が国民の支持につながっている。

現在の自衛隊員には、十年前の隊員たちがもっていた複雑に屈折した「何か」——たぶん自衛隊員であることへの迷いみたいなもの——を見つけ出すことはできなかった。

どの顔もふっきれて、晴ればれとしていた。

国民のものになったのだ、という自信が、幹部や隊員たちのことばや態度のはしばしに現れていた。

ヨシノさんの付き添いというふれ込みで訪れた私が、途中で新聞記者とわかってからも、周りの人たちの態度や応待は、まったく変わらなかったのだ。

第九章

遺書

戦争は、庶民のささやかな幸せなど根こそぎにしてしまう。

夫は戦地でアゴを射ち抜かれて死んだ。その遺書を額に掲げて、残された妻は生き抜いた。

遺書の額の隣に、もう一枚、額が掲げられていた。夫を戦場へと連れ去った人が、その中でほほえんでいた。

神戸市にあるお寺、妙法華院で毎年十二月八日に「語りつごう戦争展」というのが開かれる。「戦争とこども・教育」「学徒動員」など、年ごとにテーマを決めて資料を展示し、あわせてテーマに添った内容の講演やパネルディスカッションをする。

妙法華院の住職、新間智照さんがいい出して、多くの個人や団体が協力してつくりあげている市民の催しだ。

「防衛費は増大する一方。そのうえ有事立法だの靖国神社国家護持だのと、あの戦争への道筋を多少なりとも知っている私には、最近の国の動きが不安でたまらない。戦争体験を語りつぐ試みはいろいろな形でやられているようですが、国民がなぜあの戦争に巻き込まれていったのか、そのプロセスこそ若い人に知ってもらわないといけないと私は思うんです」

戦争展の期日を、だから八月ではなく、太平洋戦争の始まった十二月八日にしている、と新間さんは説明する。

一九四一年（昭和十六年）十二月八日朝、「帝国陸海軍は本八日未明、西太平洋において米英軍と戦闘状態に入れり」という臨時ニュースを聞いたとき、中学三年生だった新間さんは背筋が震えた。こわかったのだ。

その四年前、日中戦争がはじまったときは、政府の「不拡大方針」声明を信じて、半ば安心し、早く収まってほしいと念じていた。

「自分が戦争に参加するなんて考えてもいなかったのに、いよいよ戦地へ投げ込まれるのか……と思うと恐ろしくて……」

考えぬいた。

そして出した結論は、戦争への参加のし方、つまり死に方を、せめて自分で選ぼうということだった。

中学五年生の十二月、志願して予科練へ。しかし、実戦に出ないまま、徳島で敗戦を知った。戦後、京都大学で学んだ。そこで、なにより知りたかったのは、戦争のことだ。

小さな体験しかもっていない。しかし、ずっとひっかかりつづけていた疑問があった。

国を守る、とはどういうことなのか。

それは、なによりもその国に住む人のいのち、そして財産を守ることではないのか。なのに、そのための戦争で、三百万人ものいのちが失われた。家々も焼けた。

なぜ日本はこんな戦争をしたのか。真実に少しでも近づきたかった。

勉強を重ねてわかったのは、自分が参加しようとした戦争は、領土的野心を燃やした日本が仕掛けていった侵略戦争であった、ということだった。

「戦争というのは、いきなり起こるわけではありません。誰かが長い年月をかけて着々と準備するものです。開戦のとき、あっと思っても、もうどうにもならない。そこまでいかないように、起こさせないように危険な流れを見抜いて、それに対してはっきりいやだと意思表示していかなければね。それが私たち戦争を体験したものの最低限の義務だと思うんです。なんといっても当時の雰囲気や、どのようにがんじがらめにされていったかを少しは知っているんですから」

必要、と思えば街頭へとび出し、ビラ配りもする。行動派のお坊さんだ。

一九八〇年（昭和五十五年）十二月八日、第三回「語りつごう戦争展」で、新聞さんたち主催者は「女性と戦争」をテーマに選んだ。

「当時の女性だって、誰ひとりとして子どもを本気で戦地へ送り出したいとは考えていなかったでしょう。しかし、集団への帰属意識は強かったみたいですね、国防婦人会なんかを見ていると。目先の活動に追われ、一歩退いて全体を見るというような力はなかったと思います。これは男も同様ですがね」

戦争中、ごくふつうの女の人は何を考えながら毎日を過ごしていたのだろうか。

男性のかげにかくれがちだった戦時中の女性たちの生活ぶりや胸の中を、少しでもわかるようなものが見られるといいのに——。

期待をこめて会場を訪ねた。しかし、約三百点の資料は、意外に目新しいものはなかった。

防空頭巾、もんぺ、国防婦人会のたすき。

展示品の中に『神戸市民時報』という小さな新聞の一束があった。

周囲が焼け焦げて、丸くなっている。

いまでいう神戸市の広報紙というところ。一九四三年（昭和十八年）から四五年までの分がそろっていた。

月二回発行で、隣組[注1]に一枚ずつ配布、回覧する仕組みになっていたらしい。この期間だと、成人の男性のほとんどは戦場へ狩りたてられていた。子どもたちも一九四四年（昭和十九年）からは学童疎開で家を離れている。この時期の『神戸市民時報』は女性向けのものと考えてもさしつかえなさそうだ。

一枚ずつ読んでいくと、なかなかおもしろい。

金属を供出せよ、という指示が頻繁に出てくる。なかには「座布団の綿を出せ」というのもある。これが火薬の原料になったのだそうだ。

こんなことまで、と思ったのは、「何人か集まって、不要のおしゃべりをするのはまかりならん」という指示。こうして井戸端会議を禁じたのは、戦争の見通しについてあれこれ風評が立つのを避けるためだった。

「高いところから写真を撮ってはいけない」という指示もある。

新しい人が引っ越してきたり、見慣れない人物を見かけたら、必ず隣組長に報告するようにという指示もある。これは、隣組を住民相互の監視機構として充分に機能させようとの意図が感じとれる。

一方で、時局を乗り切るために、乏しい物のやりくりのなかで、婦人もどんどん発明をするように、とのお達しも出ている。

「トントントンカラリト隣組、格子ヲアケレバ顔馴染。廻シテチョウダイ回覧板」と歌にもあるように、当時の女性たちはこんなこまごまとした指図をわずらわしいとも思わずに、次から次へと律気に回し読みしていたのだろう。

会場を一巡するうち、壁にかかったたくさんの額のなかの一枚が目をひいた。

粗末な紙に何か書いてあるのだが、よく見えない。

ぐっと近づいてのぞき込むと、それは遺書らしかった。

天皇陛下　万才
天皇陛下　万才
死コヽデ
円城
アト
タノム

（原文のまま）


最後の「ム」の字の点の部分が長く尾を引いて、ぷつんと切れているのが何ともいたいたしい。

ここまで書いて、こと切れたのだろう。

この遺書のそばに、お守り袋、軍隊手帖、千人針、奉公袋、肩章、革の財布、鉛筆、血のついた葉書などが遺品として一緒に展示されていた。

この遺書を受けとった人は、どんな想いでこれを抱き続けてきたのだろう。くしゃくしゃの紙、乱れた文字が、死の瞬間をいやでも連想させてしまう。

遺書の持ち主、西松静江さんは、大阪市でひっそりと暮らしていた。

「旅行なんか、少しも行きたいと思いません。主人の法事をするのんが、なによりの楽しみです」

小さな声でそういって、淋し気に笑った。

女手ひとつで暮らしを支え、子どもを育ててきた。

「最初の大きな動員で行ったんですよ」

日中戦争が始まったばかり、一九三七年（昭和十二年）九月のことだった。

「支那事変やいうて、毎日、号外号外と、そらえらい騒ぎやったのを覚えてます」

だから静江さんの夫、西松幸吉さんの応召も、お祭り気分で送られた。

家の前で写した写真を見ると、幸吉さんをまん中に、家人や店の従業員が並んでいる。何本もの旗、のぼり、ちょうちんで、それはにぎやかだ。

「国のために尽くすのは当然や、思うてましたけど、内心は何がめでたいか、という気持ちでいっぱいでしたよ」

しかし、それを口に出していうことはできなかった。

幸吉さんと静江さんは、同じ岐阜県出身。一九二八年（昭和三年）に二人で大阪へ出てきて、世帯をもった。

仕立てあがったワイシャツにボタンをつけ、きちんとプレスして仕上げをする商売を始めた。

静江さんと二人、眠る時間も惜しんで仕事をひろげた。やっと若い衆を五、六人雇い、軌道に乗ったところに召集令状が来た。幸吉さんは三十五歳になっていた。

平和な庶民の暮らしを、根こそぎ変えてしまうのが戦争だ。

いったい、なんのために夫が戦争に行かなければいけないのか、考えたことがあるのだろうか。

静江さんは、とんでもない、という顔をした。

「そんなこと、考えもしません。国が行けいうたら、行かないかんのや、思うてましたさかい……。あの時代はな、親がシロ、いうたらクロでもシロと思わないかんかったんです。まして、国のえらいさんがいうことですもん。私らにどないもなりません。日本中の国民がそない思うてたんと違いますか」

「それになあ」

静江さんは時間を巻きもどそうとするように、目を閉じた。

「昭和の初めの恐慌は、ほんまにひどかったんですよ。食べるために、いつ寝たやら起きたやらわからんほど働かないかんかった。子どもでも遊んでいられへんかったですよ。このままでは食べていけない。日本中の人が共倒れや、思いましたね」

「そんなとき、中国と戦争になったんですわね。中国は広い……。日本が助かる道はこれしかない。そういわれたら、反対する理由がない。また反対したかて、さてどんな世の中になるやらねえ」

自分たちが食べていけなくなる。そんな危機感は、善良な人たちからさえ人間としての健全な感覚をなくさせてしまうようだ。

苦しい生活にあえぐ人々に、軍部や政府がふき込んだ〝満蒙は生命線〟という殺し文句。広い中国に進出すれば、暮らしが楽になる。そう思い込むとき、人々は中国の人たちの生命や平和な暮らしがどんなに脅(おび)やかされるかについてまでの考えが及ばないのだろうか。国は違っていても、同じ民衆同士なのに――。

目の前に座っている静江さんは、表情、ものごし、どれひとつとっても人間として地道な、あやまりのない歳月を重ねて来たことがうかがえる。

それでも「食べるためには中国との戦争もしかたなかった」という。

私は、あふれる物に囲まれている現在の自分の暮らしを考えずにはいられなかった。

暑ければ冷房をつける。寒ければ暖房をする。食べたいものを食べ、着たいものを着て、あたりまえだと思っている。

暑いさかりに冷房が使えなくなったら、きっとブーブー文句をいうだろう。

いまの暮らしから一つ二つ、と快適さが失われていったとき、私はそれに耐えられるだろうか。

正直いって、自信がない。物にあまやかされて、すっかりひ弱になってしまったらしい。

多くの資源を外国に頼っている現状だから、例えば何かのきっかけで石油やガスが現在の使用量分だけを確保できないような事態になったとき、「豊かな暮らしを守るため」と号令をかけられたら、外国との力のやりとりもやむを得ないと思ってしまうのではないだろうか。

自分のなかに、そんなあやうさがひそんでいるのを感じる。

トイレットペーパーを買いあさる主婦たちの群れ、合成洗剤を買うためにできた長い行列……。

オイルショックのときのばかげた光景が、次々と浮かんでは、消えた。

食べるため、ではない。たかだかトイレットペーパーや洗剤であの騒ぎだったのだ。

静江さんたち当時の女性に、中国の人たちを思いやる気持ちが足りなかったと責める資格は、私にはない。

事実、いまの日本は、原子力発電所から出る危険な核のゴミを、南太平洋の島々のそばに捨てて、平気な顔を決め込もうとしている。

すっかり黙り込んでしまった私を、静江さんのこんなことばが刺した。

「なにごとも運命。逆らわん、いうことが女の生きていく道やったんです。先を見ようとせんのやから、あきませんね。いまのお方は、ほんまによろしいな」

「けど」

始終うつむきがちだった静江さんが、きっと顔をあげた。声は小さかったが、きっぱりといった。

「いまやったら、私かて黙ってなかったと思います」

軌道に乗りかけた稼業を残して、幸吉さんは戦死した。

「家の裏で洗いものをしてたんです。そしたら航空郵便が来ましてね。なんやろと思うたら、中国の部隊から直接、戦死を知らせて来たものでした。昭和十三年六月八日です」

中国の山西省にいた歩兵第十九連隊で、ただ一人の戦死者だった。

その年の秋、遺骨と遺品が神戸港にもどった。

その中に、あの走り書きの遺書があった。

「胸がつぶれる、いうことばがありますやろ。遺書を見たときは、ほんま、そんな感じでした。なんか重たいもんを胸の上にのせたみたいで……。周囲の人に、頭出したらいかん、いうて注意して、自分が撃たれたと聞きました。アゴの部分がくだけて飛びましたんやて。遺書の『ム』いう字が長う伸びてましたでしょ。力尽きましたんやな。どんなに痛かったやろ、苦しかったやろ思うたら……」

静江さんは右手で着物の襟元をぎゅっと握りしめた。

戦地へ行ってからもまめに葉書をくれていた幸吉さんが、最後の瞬間には妻にはなんのことばも残さなかった。

かわりに商売が、静江さんの肩にかかってきた。

「いまはよろしいな。こんなええ時代がくるなんて、考えてもいませんでした。主人なんか早いとこ死んでしまって、つまらんですもんね。行きたくて行ったわけやないのになあ。お国のためやいうて赤紙が来て、行ったんですのになあ」

静江さんは仏壇に向かって手を合わせた。

行きたくもないところへ行って死んだ夫のことを考えると、とても旅行なんかする気になれないという。

仏壇に飾られた幸吉さんは、まるで静江さんの息子のように若いままなのが無残だ。

遺書は、額にいれて、ワイシャツのボタンつけをするミシンのところからよく見える壁にかけた。

どこに引っ越しても、そうした。

「一緒に暮らしてもらおうと思うたんです」

知人のすすめで戦争展に出品して、遺書は初めて数日間、静江さんのそばを離れた。

「ほんまに、いまの方はよろしいな」

帰り際、静江さんは再びいった。

返すことばもなく頭を下げて、目をあげたとたん、視線が鴨居に釘づけになった。

戦前の天皇陛下の写真がそこにかかっていたのだ。

妻へのひとこともない遺書を、静江さんが毎日ながめ暮らしてきたのは、夫を奪った戦争への怨念からだと思い込んでいた。

が、夫の遺書の額とともに、天皇陛下の額も、大切にされてきたのだった。

私の表情を読みとった嫁のサキ子さんが、とりなすようにいった。

「特別あがめてるわけやないんです。私は大正の終わりの生まれなんですけど、おかあさんも私も、これがごく自然な気持ちでねえ。教育って、恐ろしいですね」

静江さんも隣でうなずく。

幸吉さんは、仏壇の写真になってしまった。

その幸吉さんを戦場へと連れ去った人は、額縁の中で、さっそうと立っていた。

注1　初めて「隣組」ということばが使われたのは一九三八年（昭和十三年）五月十四日の東京市告

示二四〇号の「東京市町会規約準則」においてであった（秋元律郎著・『戦争と民衆』より）。五－二十世帯の隣保組織で、相互扶助をうたってはいるが、本来の目的は住民を相互に監視させて、戦争を遂行することにあった。自発的な盛りあがりでできたように装ってはいたが、実は国や自治体の指導の下に、強力に整備がすすめられていった。

第十章

栄光のあかし

残り少ない人生と知ったとき、人は胸に何を思い浮かべるだろう。

早くに夫を亡くし、女手ひとつで子どもを育てて戦中から戦後へ。

激動の時代を生き抜いた一人の女性が自分の人生の最も輝かしい一コマとして選んだのは、〝兵隊ばあさん〟として活躍した時代。

その日々の記憶を、彼女は石碑に刻み込んだ。ほかならぬ自分自身の手で。

奇妙な兵隊ばあさんの石碑が見つかった。

報　国

昭和十年五月二十五日

丸亀連隊区司令官徳久捨馬

へいたいばあさん小林ミネ

徳久書道

碑文は、なんの変哲もない。

ところが驚いたことに、建てられたのがわずか十年ほど前の「昭和四十六年九月一日」。

戦後二十六年もたって、なんでまたこんなものを。

好奇心がふくらんだ。

ぜひとも確かめてみなければ——。

岡山から高速艇で、小豆島の土庄(とのしょう)町へ。

桟橋のすぐそばの広場で『二十四の瞳』の銅像が陽の光を浴びていた。

めざす碑は、南郷(みなんご)共同墓地にある。

墓地は西光寺が管理しています、と町役場の人が教えてくれた。

古びた商店街の奥まったところに、西光寺があった。

「ああ、あの碑のことですか」

住職の杉本宥尚さんが、ていねいに答えてくれた。

「小林ミネさん？　知っとりますよ。といっても直接、知ったのは戦後、台湾から復員してからでねえ。〝兵隊ばあさん〟として活動していたころじゃないんですが……」

杉本さんは一九四三年（昭和十八年）、学徒動員で台湾へ行った。

「戦争中は、ひどく世話好きな、といっても相手は兵隊さんに限られているのですが、庶民的なおばさんやおばあさんがちょいちょいいましてね。兵隊ばあさん、と呼ばれてましたよ。これ、普通名詞になってましたからね。ミネさんもその一人だったのかなあ」

妹なら、当時のミネさんを知っているかもしれないと、杉本さんはその場で電話をかけてくれた。

ミネさんは、三十代で夫を亡くした。

兵隊さんが出征するときは、必ず旗を振って見送った。

指を切って、血で旗に文字を書くような人で、兵隊たちの世話が生き甲斐のようだった――。

ミネさんの輪郭が、ぼんやりとではあるが、浮かび上がってきた。

杉本さんは、寺の南の丘にある共同墓地に私を案内してくれた。

西光寺は突然、実業界を去り、無一物の托鉢生活に入った流浪の俳人、尾崎放哉ゆかりの寺だ。

その放哉の記念碑と道路をへだてた斜め向い側に、小林ミネさんの碑があった。

思ったより立派なものだった。

どっしりとした自然石の台の上に、やはり自然のままの形を生かした青味がかった石が重ねてある。

中ほどを四角く平らに削り、文字を刻み込んであった。

形の立派なわりに、刻んだ碑文は稚拙だ。

碑文としての体裁が整っていないのである。

「この一角は軍人墓地でしてね。高橋ヨネさんというおばあさんが、畑の一部、百六十坪を寄付したんですよ。ケチで有名なおばあさんでね。昔は葬式の会葬者御礼といえば徳用マッチと決まっていたものですが、ヨネさんが亡くなったあと、四畳半の部屋いっぱいにその徳用マッチが積み上げてあったというんです。そのくらいのケチが、兵隊さんのためだといって土地を寄付したんですからねぇ」

「ああ、そうそう、そういえばミネさんのこの碑、どこへ置くかで当時ちょっともめたんじゃないかな。一時どこか別の場所に持っていったのが、結局ここへ落ち着いたんでしたよ」

墓地の入口のところ。

まん中に戦没死者の慰霊塔。

向かって左にミネさんの碑。

右が戦死忠魂塔。

後ろにはずっと、大小さまざまな墓石が並んでいる。

ミネさんの碑に、そっと触れてみた。

初夏の日ざしに灼かれ、石の肌はほんのりと温かかった。

「ミネさんの家はねえ、すぐこの下の方ですよ。行ってみられますか」

杉本さんが、海沿いの道路の方を指さした。

役場で調べてもらって、小林ミネさんが生きておられることは、小豆島へ来る前からわかっていた。

が、九十歳をすぎて、数年前から寝たきりとのことだった。

せめて、碑の建ったいきさつを家族の誰かからでも聞かせてもらえたらと電話をしてみたが、承知してもらえなかった。

それでもすぐ近くに家があると聞けば、心が動く。

杉本さんに教えてもらった通り、急な坂道を下って海岸通りに面した小林さん宅を訪ねた。

新築間もなく、前庭のある立派な家だった。

ベルを押すと、しばらくして庭に面した部屋の窓が、ほんの少しだけ開いた。

顔をのぞかせたのは、六十歳くらいの女性。多分、ミネさんの世話をしている長女というのはこの人だろう。

私は、来意を告げた。

「そんなお話は、もうけっこうです。病人の世話で疲れてますから」

窓が閉められた。

しかたがない。話を聞かせてほしいというのは、こちらの勝手な気持ちなのだから……。

それにしても、もう少しミネさんの碑について知りたかった。

「四十六年之を建つ」――。

あの一節が、気になった。

思いついて地元の小豆島新聞社を訪ねてみた。この島で、戦前から五十年以上も続いている新聞だ。

社長兼編集長兼記者の藤井豊さんは、郷土史家としても知られている。

あいにく、不在だった。待たせてもらっている間、古い新聞を見せてもらった。碑文に出てくる一九三五年（昭和十年）と一九七一年（昭和四十六年）。

ミネさんに関することは、何もなかった。

「ひょっとして、石屋さんでわからないかしら」

藤井さんの奥さんがアドバイスしてくれた。

土庄町の石材店いくつかに電話してみたが、だめだった。

「ああ、ああ、小林ミネさんの碑ね。思い出しましたよ」

取材先から帰ってきた藤井さんがこういってくれたときは、ほんとにうれしかった。

「取材したんですよ。兵隊ばあさんの碑が建つというんでね。地元紙だから小さくでも載せようかと思って。ところが話を聞けば聞くほど変なんですよ。ふつう石碑といえば誰かの功績や徳を讃えるために、周りの者が建てるわけでしょうが。ところがミネさんの碑は、どうもミネさん自身が建てたらしい。金も恐らくミネさんが出したんじゃないかなあ。家族にも会いに行ったんじゃが、迷惑がっとってねえ。戦時中ならともかく、いまごろになってなんでそんな格好の悪いこと、っていうわけでね。家のなかまでごたついてたなあ。そんなわけで、こりゃ記事にならん、思うて書くのはやめてしまったよ」

やっぱりそうか！　想像していた通り、碑は自分で建てたのか。

藤井さんの話を聞きながら、私は思った。

昭和四十六年といえば、ミネさんは八十歳を超えたところ。自分の一生も、そろそろ終わりに近づいていると感じても不思議のない年齢だ。

先が見えたとき、ミネさんはこれまでの人生をふり返ってみた。

自分にとっていちばん輝かしく、なつかしい時代。

それは夫亡きあと苦労して子どもたちを育てながら、兵隊さんのために必死になって走り回っていたあのころ以外にない。

ミネさんは、八十年の生涯のなかから、最もひたむきに生きた戦時中に白羽の矢を立てたのだろう。

兵隊ばあさんの碑——。

それはミネさんが自分自身を顕彰したものだったのだ。

碑文は、かつてよく訪ねたという丸亀連隊の司令官からもらった色紙かなにかを、そのまま転用したのだろう。

きっと大切な宝物だったのだ。

碑の裏側に刻んであった五人の名前のメモを、藤井さんに見せた。

「この辺の年寄りなら私はたいてい知っていますがね。これは、どれも初めて見る名前ですな。小学校のときの同級生かなんかじゃないですか。ミネさんが頼んで名前を貸してもろうたんでしょうよ。いずれにしても、みんないまごろは故人ですよ」

花とオリーブと巡礼の島。この平和そのもののような島の丘に建つ石碑に、ひとりの老女の〝自分史〟が刻み込まれている。

我を忘れて兵隊さんを励まし、送り出していた戦争中の、激しくきらびやかな明け暮れ。小さな島の小さな人生のなかで、老女はためらいもなくそのころの自分に「勲章」を贈ったのだ。考えられる最高の演出をほどこして——。

これほどまでに戦争協力に打ち込み、疑うことなく〝銃後の守り〟に情熱を注いでいた人がいた。碑こそ建てなくても、ミネさんと同じような心情の女性はもっともっといることだろう。

ものいわぬ石碑をみつめて、私は声もなかった。

第十一章

千人針は語る

女と戦争、といえば千人針。ものいえぬ時代に、女たちは本心を針と糸に託した。
なかには自分の黒髪を切って縫い込んだ人もいる。
千人針は、さまざまな表情をもつ。戦争の実相の断面をちらりとのぞかせて——。

細かいミシン目の糸を、ていねいにほどく。

いたんだ布を破らないように、そっと開けると、中から一束の髪が出てきた。

四十年以上もたって空気に触れた髪は、黒々として、艶やかだった。

見ていて思わず息をのむほどに。

千人針に、自分の髪を切って縫い込んだ人、兵庫県朝来郡朝来町に住む中島としいさんを訪ねたときのことだ。


としいさんの夫、菊市さんに召集令状が来たのは、一九三八年（昭和十三年）だった。

近くの病院で看護師として働いていたとしいさんは、電話で知らせを聞いた。

「覚悟はしていたものの、血がスーッとぬけていく感じでした」

結婚四年目。三つと一つの男の子がいた。

入隊まで四日しかない。看護師の仕事は休めない。入隊まで、ともにすごしたのは一日だけだった。

陸軍歩兵上等兵として鳥取四十連隊に入隊する夫を、新井駅まで見送った。

十キロの道のりは、ふだんなら歩きでがある。しかし、その日は短く感じられた。駅が、もっと遠くにあればいいのにと思った。

ともに応召する人たちは四十人ほどいた。

駅前で見送る妻や母たちと、見送られる男たちが向かい合って並んだ。

姑が、隣からとしさんにささやいた。

「涙を見せちゃいかん。泣くな」

奥歯を、痛いほどかみしめた。

列車を見送ったとたん、襟元をぬらすほど涙があふれた。

応召の前夜、菊市さんはとしさんにこういった。

「生きては帰れんじゃろう。あと、頼むで」

夫が寝入ってから、としさんはこっそり起き出して、自慢の豊かな髪をブッツリと切った。家をぬけ出して、近くの氏神さまに行き、そなえて祈ってから、またふところに入れて持って帰った。

ひそかに心を決めていた。

『私も一緒というあかしに、この髪を千人針に縫い込もう』

「二つの想いがあったんですよ、髪を入れたのには。一つは再婚は絶対しない、という気持ちです。もう一つは、なにより生きて帰ってほしいという必死の願いですよね。あの時節、死なんといて、と表立ってはいえなかったです。でもね……生きていてほしい、思うのは当然でしょう。そんな気持ちを表す方法が、私にはこれしかなかったんです」

としさんは、夫を見送ってすぐ、千人針にとりかかった。

入隊まで日がなかったので、間に合わなかったのだ。

病院勤めの休憩時、また勤めが終わってから、近くの道ばたに立ちづめで野良仕事の合い間の女性たちに頼んだ。

暑い盛りだったが、ちっとも苦にならなかった。

赤い糸の結び目が千個できあがると、二重にした布の間に髪を一面に入れ、中身がずれないよう細かくミシンでおさえた。

この特製千人針を、としさんは戦地の夫のもとへ送った。

「いゃあ、ふしぎなもんですわ。ほんまにこいつのおかげで命拾いをしたんですよ」

菊市さんが身を乗り出した。

中国の青龍島で、菊市さんたちの部隊が少人数にわかれて敵地へ躍り込んだとき、菊市さんは先頭にいた。

敵兵と入り乱れて戦っている最中、運悪く溝に転倒した。

敵兵が、すかさず飛びかかってきた。

あかん！　と思ったとき、夢中で軍刀を抜いて切りつけた。

刀が、軍靴ごしに相手の足に突き刺さった。

「助かった、とわかったとき、手が思わず腹の千人針をさすってましたねえ」

日本は敗れ、菊市さんは、中国から無事、帰った。

一九〇八年（明治四十一年）と一九一〇年（四十三年）生まれの二人は、以後、どこへ行くのも一緒。

「村じゃ土びんとつるじゃ、いうて評判になるくらいですが」

と菊市さんはてれた。

いとしさんは、夫を守ってくれた千人針をきれいに洗って、戦後もずっとしまっておいた。

「主人は捨ててしまえ、いうたんですけどな、そういわれてもなあ……」

いとしさんは隣の菊市さんをうかがうように見た。

菊市さんはこの日まで、自分の身につけていた千人針に妻の髪が縫い込まれていたことを知らなかった。

「うーん」

低くうめいた菊市さんは、節高な手で黒髪の束をいとおしそうになでた。

ともに七十を過ぎている。金婚式まで添い遂げた二人の髪は、すっかり白くなっていた。


千人針――。

一枚の布に、千人の女が糸で一針ずつ縫って、応召していく兵士たちの武運長久、安泰を祈って贈った。

「トラは千里走って千里をもどる」の伝説から生まれた、という。

大江志乃夫著『徴兵制』によると、徳島県が編さんした『明治卅七八年徳島県戦時史』にすでに千人針についての記述が出ている。

「俗間無知の輩ややもすれば淫祠迷信の蠱（こ）する所となり、かえって識者の顰蹙（ひんわく）を致す者これなきに非（あ）らず。現に今回の如きも頑迷不識の徒は『千人力』と称して布片に女子千人の手縫をもとめ、之を腹巻用に製して以て出征軍人に贈りし者あり」

日露戦争当時は、いわれのない迷信と決めつけて県当局が取り締まろうとしたらしい。にもかかわらず、千人針はまたたく間に女性たちにひろまった。

社会に対してなんの発言力ももたなかった女性たちが、唯ひとつ本音をこめることができたもの、それが千人針だったのだろう。

戦時中を生き抜いた女性なら、夫や兄弟、父、息子のために、たいていは何度か心をこめて針を運んだことがあるはずだ。


リフォームや体の不自由な人たちの服をつくる仕事をしている大阪の社会派デザイナー、森南海子さんは、五年ほど前から戦時中の千人針を集めている。

いったいどんなことがきっかけだったのだろう。

「衣服といえば、このごろはミシンで縫ったものばかりでしょ。縫い目がきれいに揃ってはいるけど、なにかもの足りなくてね。一針一針、手で縫った衣類にひかれ、地方の労働着なんかを訪ねて回っていたの」

そんな旅の途中でふと、「女の一針のなかで、いちばん重いのはなんだろう」と考えた。

それが千人針との出合いだった。

以後、知人やつてを頼って、千人針を集めはじめた。

いま、手元に二十枚以上ある。

千人針なんてどれも似たり寄ったりだと思っていたら、一つひとつが思いがけないほどいろいろな表情をもっていた。

まず、糸の色。

布地は白だが、糸は赤、白、黄、緑……。

「実物は見ていないんだけど、黒もあるそうよ」

森さんはいう。

あやうく難をのがれたのか、焼け焦げのあるもの。

死線（四銭）を超えて、苦線（九銭）を超えて、との祈りから、五銭玉や十銭玉を縫いつけたもの。

お守り札を縫い込んだもの。

寒い場所への応召だったのか、真綿を入れたものや、体に巻きやすいようにバイヤス地にしたものもある。

刺し方もそれぞれだ。

千個の糸目がずらっと行儀よく並んだもの。二十五個ずつの針目が、全体に市松模様のようにちりばめられているもの。

なかには白いサラシ木綿のまん中に、あらかじめ黒で「武運長久」という字を、その周囲に千個の丸印を赤で印刷し、そこを一針ずつ埋めればいいだけの〝半既製品〟も。

男たちが連日のように大量に応召していくころになると、千人針も量産しなければならなかったのだろう。

「ねえ、これを見て」

森さんが一枚の千人針を手にとった。

「一つひとつの結び目のところ、ほら、糸が手でひきちぎってあるでしょう。ハサミで切ったんじゃないの。ちぎったのよ」

ハサミでパチンと切らずにあえてちぎることで、女たちは悲痛な思いを託そうとしたのだろうか。

さまざまな顔をもつ千人針を見ていると、口に出してものをいえぬ当時の女たちのホンネを、この千人針たちが代弁しているように思えてくる。

「こんなものもあるのよ」

と森さんがとり出した一枚には、思わずわあ、と声をあげてしまった。

ぽってりと厚地の上等の白羽二重に、勇ましいトラが一匹。

それを美しく糸で刺し尽くしてある。

見事な手芸品のようだ。

けれど、なぜかせっぱつまった気持ちが伝わってこない。

続いて羽二重のものがもう一枚。

それには刺してくれた人の名前を書き込んだ絹布の名簿がついていた。

どちらにも、汗のシミひとつなかった。

「この種の千人針を手にしたときは、憤りがこみあげてきましてね」

森さんはいった。

「あのころ〝国民が一丸となって〟などとよくいいましたが、戦いのなかにもはっきりと階級があったことを、千人針が教えてくれています」

千人針を譲ってもらうとき、戦死した場所や、どこへ応召していったのかを必ず聞いた。

危険な最前線に行った人たちが身につけていた千人針は、あっけないほど簡素で、粗末だといってもいいくらいだった。

木綿の千人針は、実はシラミの巣窟ともなって兵士たちを悩ました。

絹ならそれがないということで重宝がられたが、死の危険が大きかった男たちほど概して階層が低く、妻たちもまた、絹の布を求めることもできないほど無力だったのではないか。

それとは逆に、まるで手芸品のようなけばけばしい千人針。

「実際に身につけていなかったことは、一目でわかるでしょう。後方部隊にいたこの千人針の持ち主にとっては、これは単なる〝アクセサリー〟にしかすぎなかったわけ。これを見ただけでも、決して全員が戦争でひどい目にあったわけではないということね。そこに戦争の怖さと真実があると思うの」

森さんは一九三四年（昭和九年）生まれ、小学校二年生のとき、国民学校と改称された。

そのころから、学校の教室に、千人針がどんどん回ってきた。

おとなの女たちだけでは手が回らず、子どもでも女なら、と学校ぐるみ協力させられたのだ。

毎日、何枚も、黙々と刺した。

「なんにも知らずにね」

苦労して集めた千人針を前に、森さんは自嘲気味につぶやいた。

「当時〝日本人〟として戦わされた朝鮮の人たちは、どんな千人針を身につけていたのかしら」

どうしても手にしたくて、森さんは韓国のソウルまで出かけていった。

残念ながら、いや当然のことながら見つからなかった。

日本が敗れた日。その日は朝鮮の人から見れば解放された日。

「みんなで持ち寄って、歓声をあげながら焼いたのです」

と、それを見ていた人から聞かされた。

第十二章

〝朝鮮ピー〟

「男の人に負けずにがんばります。ぜひ軍で働かせて」と志願した沖縄・宮古島の女学生。意気込んで勤めはじめた軍隊の内部で見たものは陰険な差別だった。

そして〝朝鮮ピー〟と呼ばれた慰安婦たちとの出会いが、あの戦争の真の被害者は誰なのかを教えてくれた。

女性と戦争とのかかわりを、ただ被害者としてだけでなく、別の視点——女性も積極的に担った一面があったのではないかという点からとらえてみたい。そう思ってさまざまな場所に、さまざまな人を訪ねた。

その旅の終わりを、思いがけなく沖縄で迎えることになった。

思いがけなく——。

というのは、これまで本などで読んだ知識から、沖縄こそ戦争の被害者、という思いが強かったからだ。

太平洋戦争のとき、沖縄は日本で唯一の地上戦の舞台になった。

本土決戦を一日でも遅らせるための〝捨て石〟にされたのだ。

日本軍十一万人が、五十四万八千人の米軍をここで迎え討った。

現地守備隊が大本営に対してしばしば援軍を乞うたのに、大本営はその要請を拒み続けた。

その結果、現地の第三十二軍（陸軍中将・牛島満指揮）は「防衛兵」として満十七歳から四十五歳までの健康な県民男性のほとんどを召集した（一九四五年、昭和二十年一月）。

沖縄には、約五十万人の住民がいた。

逃げ場のない島で住民が直接、戦闘に参加し、あるいは巻きぞえになった。

住民の犠牲者九万四千人。

軍人・軍属二万八千二百人。

合わせると、県民の犠牲者は十二万二千二百人にものぼった(一九七六年沖縄県援護課調べ)。

当時の人口の四分の一に当たる。

一方、軍の戦死者は六万六千人。

米軍戦死者、一万二千五百人。

沖縄で、戦争のために家族が欠けなかった家を捜し出すのは、いまでもきわめてむずかしい。

そんな沖縄に生きる女性たちに、積極的に戦争を担った一面があろうなどとは思いもよらなかったし、おそらくそんな発想を求めることすら無理だろう。

私は、そう決め込んでいた。

だから、自らを戦争の〝参加者〟〝加害者〟としていまも責めを負っている女性がいると聞いても内心は、まだ半信半疑だった。


一九八一年(昭和五十六年)一月二十四日。

那覇市の自治会館に、女性たちがぞくぞくと集まってきた。

二十代、三十代の若い世代が目立った。

入口には「戦争を許さない女たちのつどい」と書いた看板が出ている。

「反戦」を正面からうたって、女性だけの集会を開いたのは、沖縄ではこれが初めてだった。

一九八〇年（昭和五十五年）十二月の県議会は、ついに沖縄県でも自衛官募集業務をとり行うことを賛成多数で認めた。

そのことに危機感を抱いた女性たちが、戦争へ近づく道は一歩たりとも歩きたくない。いやなことはいやとはっきりいっていこう、と集会を呼びかけたのだ。

呼びかけ人は、三十五人。

教師、基地労働者、主婦など、ふつうの人たちである。

「反戦のたたかいは、一人ひとりの自主的な決断を出発点にしよう」と、全員が個人として参加し、五百人が島中からかけつけた。

壇上で、悲惨な体験報告が続いた。

会場には、すすり泣く声が静かに波紋のようにひろがっていった。

最後の発言者が語り終えて壇を降りたとき、会場にいた一人の中年女性が手をあげた。

珍しく、着物を着ていた。

会場中の人が、その小柄な女性を振り返った。

全員の視線を浴びながら、その人は宮古なまりで訴えた。


「みなさま、こんなことをご存じでしょうか。〝朝鮮ピー〟と村の人たちは呼んでおりました。私は、はからずもその方たちととても親しくなりました。片言ではございましたけれども、そのだまされてきた悲しさ……。島の女性を守るために、そして兵隊たちの慰めものとして、あの戦争に加わったのです。加わったのではありません。無理に加わらされたのです。……みなさま方は、私も含めてみんな被害者だと思っております。そして、たくさんの犠牲者の方もいらっしゃいます。ですけれど、そのすみで、その方たちは、引き揚げもしないで、祖国へ帰ることもしないで、沖縄の片すみに今も暮らしていらっしゃると聞きました。その方たちは六十、七十近くになると思います。その人生を終わろうとしているかと思います。私たちの犠牲になった……私たちを救ってくれたその方たちに必ずどこかでお会いできればと心から念じております。……私のつまらない戦争体験でございましたけれども、民族差別、日本人としての恥ずかしさ、それが私の胸をよぎっております。……みなさん、ご静聴ありがとうございました」

ひっそりと、発言者は席についた。

物音ひとつ、しなかった。

全員があっけにとられていた。

発言者の久貝吉子さんに那覇市で会ったのは、半年あまり後だった。

「集会でね、極限の体験をした人たちのなまの声を聞いてると痛くて……。私はそういう経験はしていないんですけどね。みなさん、涙流してらっしゃいました。でも……私……やっぱり感覚的に違うんですよね。みなさんのお話聞いていて『もういいんじゃないの』と思いました。はっきりいってね、正直に。私たちもあの戦争に参加したんですよ。しかも私についていえば、無理に、じゃなかったんですよね」

二人の子どもの母親で、ごく平凡な主婦だったが、少し前から久茂地(くもち)公民館で週一回、和裁のサークルをやっている。

生徒は十人ほどだ。

浴衣などを縫いながら、吉子さんはころあいを見計って、おしゃべりをはじめた。

自分の歩いてきた道や、戦争のこと。

「ただ和裁の技術だけじゃなくて、私が戦争中に見たこと、体験したこと、それらをありのままに若い人たちに知ってもらいたいと思いましてね。だって戦争の風化は、この沖縄でさえ、例外じゃないですから」

あの集会には、知人に誘われて行ったという。

「だって、なんだかこう、胸ぐるしい感じ、そうね、胸の中に何かいっぱい詰まってるような感じがしてましたから」

とるものもとりあえず、と駆けつけた会場で、被害者としての体験をたて続けに聞かされた。

「それは無理ないと思うんです。この沖縄では。でも私の場合はやっぱり違う。自分も加わったんだ……って。いまから考えますと、特攻隊の人たちと同じ気持ちだったと思いますね」

目の前にいる吉子さんは白地に紫とブルーの花柄のワンピース。長めの髪を肩まで垂らして、五十代という年齢よりずっと若々しい。

「こんな自分の気持ち、被害者体験ばかりを話しあっていてはだめだという気持ちは、これまで一度も口に出して話したことはなかったんです。心の中では、でも、ずっと思い続けていました。あの会場で、あんな形でいってしまったこと、自分でもびっくりして……。ラジオ沖縄の方がテープに録音していたので、あとで聞かせていただいたんです。そしたら宮古なまり丸出しだし、声はうわずって、どもりながら話してるんですよね。もう、恥ずかしくって……」

吉子さんは両手でほおをはさんだ。

私は気にかかっていたことを口にした。吉子さんの発言に対して、会場から反発はなかったのだろうか。

「みなさん、びっくりなさってらっしゃいましたね。でも、感動してくれたような気がしました。あとで『あなた、よくおっしゃったわねえ』と声をかけてくださった方もいましたですよ。私は自分が血を流したんじゃないから、批判されてもしかたないと思ってたんですけれどね」

吉子さんが会場で思わず立ち上がってしまったのには、もう一つ理由があった。場内で、二十代、三十代と思える若い人たちが多かったことだ。

当然、戦争を知らないはずの女性たちが、体験者の話に耳を傾け、涙を流していた。吉子さんはそのことに勇気づけられた。

「その涙は、他人の痛みがわかる証拠でしょう。だったら、この同じ沖縄で、異国の人たちが味わった痛さもわかってほしい、いえ、わかってもらわなくちゃいけないって……」

吉子さんは一九二七年（昭和二年）十二月生まれだ。聞けば、やはり軍国主義教育を受けたという。

私は不思議でならなかった。

なぜ吉子さんは自分を〝加害者〟だというのだろう。少なくとも「私も戦争に参加した」といい切ることができる。どんな体験が、そういわせているのだろう。

沖縄本島から南へさらに三百二十キロ。

緑の海に浮かぶ美しい島、宮古島が吉子さんのふるさとだ。

南太平洋の島々で日本軍が次々と玉砕し、敗戦の色が濃くなりはじめた一九四四年（昭和十九年）、宮古高等女学校に在学する少女だった吉子さんは、かねてから胸に秘めていた「あること」を実行した。

それは宮古の職業安定所に手紙を書くことだった。

隣近所の男性たちはある者は応召し、ある者は徴用で動員されて、ほとんど家を出ていた。留守宅では、どこも誇らし気だった。

吉子さんは女ばかり三姉妹の末っ子。肩身が狭かった。


自分は女の身であるけれども、お国のために捧げたい。男子に負けない働きができるよう一生懸命がんばるつもりなので、ぜひとも軍で働けるように手配をお願いしたい。

はやる気持ちをそのまま文字に託した。

長い長い手紙になった。

その手紙は、さっそく披露された。「健気な決心。これこそ島の女の手本」と激賞された。

その年、納見敏郎中将を師団長とする第二十八師団（一万一千六百人）が宮古島に到着、防衛に当たっていた。

続いて独立混成第五十九旅団（三千三百六十人）、独立混成第六十旅団（三千三百二十人）、第三十二軍直轄部隊（六千七百人）、海軍部隊（千七百十四人）とぞくぞくと兵隊が上陸し、計約二万七千人が島の守備についた。

美しい島は、カーキ色の軍服で埋まった。

あわただしく卒業式をすませた吉子さんは、手紙の一件とは関係なく他のクラスメートと同様、師団司令部に軍属として勤めることになった。

軍司令部は母校の校舎に駐屯していた。

吉子さんは母の手織りの琉球絣をもんぺに仕立て、精いっぱいおしゃれして、いかめしい将校や下士官に混じって働きはじめた。

配属されたのは獣医部。

仕事は中身のわからない重要書類らしきものに「極秘」の赤いはんこをペタンペタン押すことだった。

もう一つは、「めしあげ」。お昼前になると食事時間ですよと大声で知らせて回ることで、吉子さんも将校付きの当番兵と一緒に飯盒をガチャガチャいわせながらふれて歩いた。

「私は意気込んで軍に勤めはじめたでしょ。男に負けるものかと思って。それだけに、中に入ってもうほんとにがっかりしてしまったんですよね」

「がっかり」というところにひときわ力がこもった。

自分がそこに加わってみると、想像していたような純粋なところではなかった。

「上官と下士官の差がひどいんです。まず食べ物が極端に違う。将校はご飯に魚も肉も、おかずがいろいろ付くんです。食事の間中、私たちが大きなうちわであおいでいるんですよ。下っぱは雑炊やおじや。ひどいときはイモだけです。ずっとあとになりますとね、沖縄本島から食糧を積んでくる船が途中で敵に沈められてね、食べ物が届かなくなるんです。兵隊たちはカタツムリ食べたり、ヘビ食べたりして。ヘビなんてごちそうで、血まなこになって野原を探して『おい、ヘビ見つけたよ』って大喜びするくらい。たいていはノビルといってネギみたいな草を食べてる。そんなときでも位の上の人は、ちゃんと食べてましたよ。ええ、食べてました。私はびっくりして心を一つに一丸となって敵に向かうなんてうそだ、こんなに差別があって、これで戦争に勝てるわけがない、と思いましたね」

幻滅することは、ほかにもあった。

吉子さんの家は、島でも指折りの旧家。地主でもある。有力者だということで、父親はなにかにつけ、軍に協力を求められた。

「父は村の人たちの食糧を確保するために、収穫の時期を考えて、次々といろいろな野菜、果物を植えさせたんです。そうしておくと一年中、何かがとれる。ところが軍がその田畑に戦車壕を掘ったんです。その戦車の出し入れで、付近の畑の作物もすっかりだめになりました」

土地がじりじりと狭められるにつれて、父親は軍に批判的になっていった。

わずか数カ月で収穫できるということで、残された畑全部にタピオカを植えた。

ところが軍はそれさえもひきぬいてしまった。

「タコつぼ」と呼ばれる、人が一人か二人やっと入れる避難壕を掘るためだ。

「父はいきりたったんです。あんたたちは村人を殺すつもりか、って。そしたら、ある部隊の部隊長でしたけど、いきなり腰の軍刀を抜いたんです。幸い大事には到りませんでしたけど、私もわからなくなりました。軍は、国を守る、みなさんを守るといって島に来ているのに、島の人たちはつらい目にあう。国を守るって、人間の命や、豊かな実りをさずけてくれる土地を守ることじゃないのかしら、って……」

のちに勤めた陸軍の野戦病院では、もっと悲惨な光景を目にした。

ベッドが足りないから、重症の患者は見捨てられる。

まだ生きているのに、どんどん庭に放り出される。

「いそいで、いそいで」

軍医はまるでそれらが死体であるかのように指図を下す。

吉子さんたちは病人を担架で庭に運びながら、くちびるをかんだ。

ごろごろと、いつも二十人くらいが庭に死体のように転がされて死を待っていた。

ほとんどが栄養失調だ。

「これが戦争というものか、と目が醒める思いでした。こんなものを私は美化して、男にも負けずにがんばるから軍で働かせてほしいと、わざわざ手紙など書いたんですから……。もう、自分のバカさ加減が恥ずかしくって……」

「実は、私が軍隊で働きたい。男にも負けたくないなんて妙な気持ちを持ったのには、もう一つ、わけがあるのです」

しばらく言いづらそうにしていた吉子さんは、正面から私の目をとらえてこう切り出した。

「私は末っ子の自分が男でないことがくやしくてくやしくてたまらなかったんです。母は、男の子を産めませんでした。そのせいで、父が妾(めかけ)をもったんです。それも三人も……」

えっ。私は思わず声をあげていた。

「四人の女が同じ屋敷の中に暮らしていたわけです。そんな家で……私は、育ちました」

「島ではそういうこと、珍しくなかったのですか」

自分でも無神経な質問だったと思ったが、もう手遅れだった。

「いいえ、やっぱり珍しかったですよ」

吉子さんは、さらりと答えてくれた。

沖縄では現在でも、なにかにつけて男が尊ばれる。

沖縄で「トートーメー」といえば祖先の位牌、系譜、墓、祭具などをひっくるめたもののことだが、このトートーメーは、原則として嫡系男子のみが相続するということになっている。

一九八一年、このトートーメーをめぐるトラブルが、初めて家裁に持ち込まれ、解決した。戦争で家族を失った一人の女性が独身のまま、位牌や墓を守ってきた。ところが墓地が市の買収にかかり、補償金が出ることになると、親類の男性が「女はトートーメーを継げない。自分が継承する」と名のり出てきたのだ。

判決は、女性側の勝ち。

しかし、裁判沙汰にしなければならないほど、男性優位の考えは根強い。

結婚した女性は「男の子はまだか」とせかされ続け、まるで男子を産むための道具みたいになってしまうことも少なくない。

旧家であればあるほど、その傾向は強い。

吉子さんの実家は、宮古島で七代、五百年続いた家柄である。

そこの長男の嫁となった吉子さんの母親に、男の子は産まれなかった。

「大勢の小作人や使用人がいましたので、父には一族を増やして身内を固めたいという気持ちもあったんだと思います。労働力としても必要だったんでしょう。でも、母が四十すぎてから生まれた私は、生まれたときから争いのなかにいました。とっても人間関係が複雑でしたよ」

幼いころ、何度か母親のひざの上から突然ほうり出された記憶が吉子さんにはある。

狂ったように家を飛び出していった母は、〝ウタキ〟と呼ばれる祈禱所で、必死に祈っていた。

夜中にふと妙な気配を感じて目をさますと、隣で母が声を殺して泣いていた、ということもある。

「本妻だという誇りで、たいていの場合は毅然としていたのですが、ときどきおさえていた感情が爆発したんでしょうね」

「かといって、妾たちを恨む気持ちにはなれませんでした」

食事をする。

父が上座に、姉たちはすでに嫁いでいたので吉子さんが次の座に座る。

妾さんたちは、土間だ。

「こうして食べるんですよ」

吉子さんは、しゃがんでみせた。

お妾さんの産んだ子どもたちも土間。七、八人がずらっと並んでいる。

「義理のきょうだいたちの視線が、一段高い畳の部屋に座っている私を刺しているように感じられたんです。この人たちが私の母を苦しめているんだっていう気持ちの一方で、この人たちは一体、私や母をどう思っているんだろうと考えずにはいられなかったのです。食事のたびに、高いところから見下しているわけですから。母は体が弱かったし、家をとりしきる実権は妾の方がもっていました。それでも上下の区別はあったんですよね」

軍隊で、食事に厳然とした差があるのを目にしたとき、吉子さんは家での食事時の光景と咄嗟に重ね合わせていた。

「いやですね。たとえ自分が上でも、人間に上や下の区別があるというのは。食事のとき、私はいつも落ち着かない気持ちでしたから、将校たちが兵隊には与えていないごちそうを平気で食べられるのが不思議でした」

このような環境をひきずっていた吉子さんに、決定的な戦争への不信感をもたらしたのは〝朝鮮ピー〟と呼ばれた慰安婦たちとの出会いだった。


敗戦の四カ月前、病弱だった母親が、六十一歳で亡くなった。

母がいなくなると、実家には一日もいたくなかった。

戦火も激しくなる一方だったので、叔母（母の妹）の疎開先へ身を寄せた。

その家と道路をへだてた向い側に、一風変わった家があった。

大きな平家。木造だけれど、白っぽいペンキが塗ってあり、瀟洒（しょうしゃ）な感じがした。

民家ではない。かといって、兵舎とも違う。

若い女の人が何人も出たり入ったりしている。

どの人も目を奪うような派手な服装をしていた。

紫、ピンク、グリーン……。フレアーの入ったスカートがゆらゆらゆれているのが木立ちをすかして見えた。

生地は繻子（しゅす）か何かなのだろう。光沢があってキラキラしていた。

「うわあ、なんだろう、って思いました。すぐ叔母に聞いたんです。あれ、なあに、って」

叔母さんは、吉子さんの問いになぜか答えてくれなかった。

「そんなの、どうでもいいじゃないの」とことばをにごした。

年ごろの娘だ。きれいな服を着た若い女性たちがかたまって住んでいる家は、なんとなく気にかかった。

その家に、兵隊がしょっちゅう出入りしているのにすぐ気づいた。

日曜日などは、その家をめざしてはるか向こうの方から兵隊たちがゾロゾロとやってきた。

腕に外出許可のマークをつけた兵隊たちが、その家の前に長い列をつくっていた。

「異様な感じでした。見ているうちに体がガタガタ震えてきて、家の奥の方にとんで入りました」

その家が、何をするところか、着飾った女たちが何をする人か、吉子さんは間もなく知った。

近所の、同じ年頃の娘から教えられたのだ。

「慰安婦、とずばりいいましたよ。私もすぐにわかりました。兵隊が並ぶのを見て、いやなんていうもんじゃない。ワーッと叫びたい気持ちでしたよ。そりゃ性欲も人間の本能なのだけれど、こんなやり方しかないのかしらと思うと、やりきれなくて……。しかも、これは軍が正式につくっている機関だっていうんですもの」

付近の人たちは、そのモダンな家を〝朝鮮ピーヤ〟と呼んでいた。

そこで働く女性たちは〝朝鮮ピー〟。

「ピーっていうのはね、宮古では女性の陰部をいうんです」

吉子さんは悲しそうにうつむいた。

十代の女性が、軍の機関としての慰安所の存在を知ったのだ。

衝撃はどれほど大きかったことか。

「まっ先に感じたことは、なぜ朝鮮の女性を、ということです。慰安婦のことを教えてくれた人にも、その場で口に出して聞きました」

なぜなら師団司令部はじめ、島内に駐屯していたいくつかの部隊に徴用されて勤めていたとき、朝鮮人の軍夫を何人も見ていた。

「つつかれたり、こづかれたりして、とってもいじめられていたんです。牛や馬の代わりみたいに働かされて……そしてまたピーヤでしょ。なぜいちばんいやな仕事を朝鮮の人ばかりにやらせるのかって思うと、自分が日本人であるのがつらくて……。朝鮮ピーなんていう呼び方は、人間扱いしていない証拠ですもの。しかも、朝鮮の女性たちは将校は相手にしないんですよ。将校は日本人の女性。朝鮮女性は一般の兵隊だけです」

慰安婦というものがいて、日本の軍隊はその女性たちをひきつれて戦地を移動していたのだと知ったとき、私も仰天した。

数年前に読んだ『従軍慰安婦』（千田夏光著・正、続）という書物からである。

それによると慰安婦と呼ばれる女性たちが初めて集められたのは日中戦争のはじまった一九三七年（昭和十二年）、敗戦時には八万人余りにも達していたという。

そのうち朝鮮女性が六万五千人を占めていた(推定)。

多くが「女子挺身隊」という名の下に、狩り集められたのだ。

性の未経験者も大勢いた。

この人たちのうちの何人かと、吉子さんは親しくなった。

「ひまなときは、私たちの家にも遊びに来ました。叔母が食事なんか作ってあげたりしたので、慕ってよく来てました。片言の日本語でおしゃべりしたりしました。みんなきれいな人たちでしたよ。十人以上いました。もっといたかな? きれいなお姉さん、という感じだったから、たぶん二十一か二くらいじゃなかったかしら」

ヨッチャン、これあげる——。

その中の一人から、あるときブラウスをもらった。

「つめ襟で、丈の短い朝鮮風のものでした。とってもきれいな萌黄色をしていました」

繻子のかわいい朝鮮ぐつが羨ましくて、はかせてもらって喜んだこともある。

「ちょっと年上で、確かミッチャン、て日本の名前で呼んでましたね」

不自由なことばで語りあううち、彼女たちの全員が、だまされて連れてこられたことがわかった。

精神を病んでしまった女性、自殺した女性、自殺未遂……。

モダンな家から、女たちが一人、二人と消えていった。

「あの家を、正視できなくなりました。彼女たちから見れば、私たちは加害者です。ほんとなら、あなたたちの仕事だよ、っていわれてもしかたないですものね。実際、あの人たちが防波堤になってくれたから、私たちは助かったんですもの」

おや、妙なことをいう、と私は思った。防波堤とはどういう意味だろう。島にいたのは敵兵ではない。日本軍だ。つまり味方なのに。

「それがね」

と吉子さんは顔を曇らせた。

守備隊がぞくぞくと島にやってきたとき、吉子さんの母親はきびしい表情で毎晩、両膝のところを縛って寝るようにと命じた。

わからないままに、いわれる通りにした。

寝床の位置も、母が戸口に近いところへと変わった。

母親のことばの意味が、まもなくわかった。

吉子さんは島のいくつかの部隊に、「部隊長付き」として勤めた。いまでいうなら秘書のような役割だ。

〝危険な目〟に何度かあった。

「満州からの兵隊が多かったので、やっと日本に来たという感じで、私たちにとくに親しみをもったのかもしれませんね。でも、それだけではありません」

吉子さんを愛人に、と、正式に申し入れてきた部隊長もいた。

断わったのに、あるとき戸外でいきなり抱きすくめられた。

「必死で抵抗しました。あの丈夫な軍服を破ってしまうほど」

吉子さんの友人のなかには、部隊の食糧にひかされて、将校のいいなりになった者が少なくなかった。

日本兵の落とし子を育てながら、いまも苦労している島の女性が、吉子さんのまわりに何人かいる。

「島の娘の一人や二人、という気持ちが将校たちの中にあったんじゃないでしょうか。その後の対応のしかたを見ていると、そう思えてならないのです」

ピーヤの女性たちの行く末を、吉子さんは見届けることができなかった。しつこく言い寄る部隊長から逃れる手段として、最初の縁談にとびついて叔母のもとを去ったから。

その部隊長は、ほどなく料亭の女性を囲ったと風の便りで知った。

結婚生活は、決して平穏ではなかった。

「逃げ道としてとびついたわけですから、そのツケは自分で払わなくちゃいけませんよね」

吉子さんは、力なく笑った。

戦争は、さまざまに人生の歯車を狂わせる。

「このごろ自分の体が衰えていくのを感じます。そうすると、どうしてもあの朝鮮人女性たちのことが浮かんでくるんです。気になって、しかたないのです。私には子どもも二人います。どちらも結婚しましたが、いい子たちです。でも、あの方たち、どうしたでしょう。故郷へ帰れたかしら。どこで、どう年をとっているんでしょう。もし、いま会えたら、ごめんなさいってあやまりたい。いつか、一度でいいから韓国へも行ってみたい」

話しているうちに、吉子さんの目から涙があふれた。

あとからあとからあふれて、とうとう嗚咽になった。

「ごめんなさい、ごめんなさい……」

吉子さんは繰り返した。

そのことばは私にではなく、どこにいるともわからない「朝鮮のお姉さんたち」に向かって吐き出されているように私には思えた。

第十三章

いなぐや平和のさちばい

本土からはるか離れた沖縄で、皇民化教育は本土よりなお徹底していた。

美しい久米島で、いくさのさちばい（先がけ）から平和のさちばいへと一人の女教師を方向転換させたのは、島で目撃した旧日本軍人による島民の虐殺事件だった。

上江州（うえず）トシさん。一九一三年（大正二年）十二月生まれ。現在、沖縄の二人の女性県議会議員の一人である。

一九八〇年（昭和五十五年）の県議選に那覇市から出馬。

革新系（無所属）では最上位で再選されて、いま二期目だ。

「沖縄の市川房枝」といわれている。

「平和と反戦のためならば、この口と足の続く限り、どこへでも行きますよ」

日焼けした顔が、そのことばのなによりのあかしだ。

いなぐ（女）は平和のさちばい（先がけ）にならなければ――。

行った先々で、女性たちにこう訴える。

そのトシさんも、かつてはいくさのさちばいをつとめた。

自分の胸だけにおさめてきた若いころの出来事。その光景の一つひとつが年月とともに色あせるどころか、かえって鮮やかさを増す。

トシさんは沖縄県立女子師範学校を卒業してすぐ、二十歳で郷里、久米島の小学校の教壇に立った。

すでに中堅となったある日、誰もいない校長室にしのび込んだ。

さすがに胸の鼓動は速くなったが、悪いことをしているという意識はなかった。

自分が手を汚しさえすれば、国のためにと思いつめている健気な少年の役に立てるのだと、むしろ密かな使命感をかみしめたくらいだ。

まっ暗な教員室の方をうかがって、誰もいないことを確かめた。

音をたてないように、校長の机のひき出しをあけた。

はんこは、すぐに見つかった。

前夜――。夫のいとこがトシさんを訪ねてきた。

トシさんだけに相談したいことがあるという。蒼ざめるほど、緊張していた。

どうしても航空兵に志願したい。ところが理数科の成績があんまりかんばしくない。受け持ちの教師に話したところ、卒業した小学校の成績では……と首をひねられたという。

「ねえさん、どうしたらいいだろう」

十七歳の少年は、思いつめていた。

トシさんは心うたれた。

『年端もいかぬのに、こんなにお国のことを考えている……』

ためらいは、すぐに消えた。胸をたたいた。

「成績表を作りかえたらいい。大丈夫。まかせて」

これが校長室しのび込みの理由だった。

「乙」を全部「甲」に直した。持ち出したはんこを押した。

少年は、望み通り航空兵への道を歩んだ。

「恥ずかしくて、誰にもいえないことです。それほどあのころの私は、軍といったら無条件で信じ込んでいました」

教室でも同じように、子どもたちをあおった。

〝肉弾三勇士〟〝真珠湾攻撃の軍神〟などの写真を教室の後ろにベタベタはり出した。

「さすがに〝死ね〟ということばを直接に使ったことはありませんでした。でも、戦死した人を、お国のために死んだ立派な人たち、とほめちぎったんですから、あとに続けということですよね」

子どもたちへの皇民化政策は、本土よりも徹底していた。

立派な天皇の赤子、日本人、に仕立てあげるため、島の方言を使うことさえ禁じた。

子どもたちは学校で、首に木の札をぶらさげさせられていた。

「方言札」と呼ばれるもので、友だちが方言を話すのを聞いたら、すかさずその子の首にかける。

方言がぬけきらない子は、何枚も胸のところでガチャガチャいわせていた。

結構、重い。

首はだるくなる。第一、恥ずかしい。子どもたちはお互いに耳をそばだてあった。

子ども同士、監視させあうことで一層効果をあげようというのが「方言札」のねらいであった。

日本語―普通語―標準語―共通語。手本とすることばの呼び方は変わったが、「方言札」は明治時代から太平洋戦争に敗れるまで、一貫して沖縄の子どもたちを苦しめた。

トシさんももちろん、この制度に何の疑問も感じないまま「日本の子ども」づくりにいそしんだ。

一九四三年（昭和十八年）、久米島にも軍隊がやってきた。正式には「日本海軍沖縄方面根拠地隊付電波探信隊」という。非戦闘の通信部隊だ。

兵隊の数は三十数人と小世帯。島の人たちに歓迎され、すぐに溶け込んだ。

当時、島にはラジオのある家などめったになかった。島民は、部隊にラジオを聴きに行くのを楽しみにした。

風呂のある家も少なかったので、部隊まで残り湯をもらいに行った。

島の人たちの方でも、なによりも兵隊さんを大切にした。

「あなたたちを守りに来ました」ということばを疑わず、万事に兵隊優先。蚊帳を出せといわれれば、麻の上等を差し出し、自分たちはヨレヨレの木綿のもので文句ひとついわなかった。

久米島は、その名の通り、米がとれた。家畜も多かった。塩とタバコの専売も許されていた。沖縄中で、いちばん物の豊かな島だった。

国防婦人会が中心になって、各家から米を徴収した。

なまのままや、おにぎりにして、たびたび部隊に届けた。

自分たちの口にさえめったに入らないニワトリやブタを、惜しげもなくつぶして兵隊たちに食べさせた。

トシさんは、小学校の教師をしていたから、兵隊たちととくに親しくなった。

部隊から、毎日一回、二、三人の兵隊が戦果報告をもってくる。

特攻隊がアメリカの艦船に突っ込んだと聞けば、飛びあがって拍手した。

知らせを、素早く各集落に流した。

トシさんの家は、学校の隣にあった。

山の上の部隊から小学校まで、一時間近くの道のりを歩いてくる兵隊たちは、たいていトシさんの家で一息つく。

姑は、必ずお茶と甘いものをふるまって、ねぎらった。

珍しいものが手に入ると、幼い孫たちにもやらずに、兵隊のためにとっておいた。

県のおえら方が年に一度、子どもたちへの教練ぶりを見に来る「査閲」の日。

その日は国防婦人会の会員も学校へ集まることになっていた。一人でも多くの会員を出席させようと、トシさんは動員して回った。

そのなかから、なるべく美人を選んで、お茶の接待をさせることにもぬかりなかった。

国防婦人会の指導は、島では女教師たちの役目だった。

トシさんは中心的存在。防空頭巾や国防服の作り方、乏しい食料をやりくりしての料理研究など、島の女性たちを集めては戦争を支える知恵を出しあった。

いなぐやいくさのさちばい（女はいくさのさきがけ）――。

それが島の女性たちの心意気だった。

本土よりはるか遠くにある沖縄本島。その本島から、さらに現在でも飛行機で三十分ほどかかる久米島。

そこで、本土の人たちも及ばないほど男も女も戦争遂行のために先を競っていたとは——。

意外というほかなかった。

「それはやはり、沖縄が特別な歴史を背負っているということと深くかかわっているのですね」

歩いてきた道そのもののようなシワが刻まれたトシさんの顔が、一瞬かげった。

「一八七九年（明治十二年）の〝琉球処分〟[注1]が終わったあとでも、日本本土につくことに反対している人が沖縄では大勢いたのです。中国、当時は清といいましたが、清に親しみをもっている人も多かったんですよ。[注2]明治政府からしつこくいわれても、日清戦争の始まる一八九四年（明治二十七年）ごろまでは、断髪もせず、片カシラに結って、かんざしをつけた昔のままの髪型でした。こんなふうに日本本土と清国の間で揺れている沖縄を見て、政府はどうしても日本につく方がいいんだと思わせる必要があったんでしょうねえ」

最も効率的な方法として、教育の場が利用された。

「小学校は沖縄出身の先生でしたが、上級学校へ行くにつれて、本土の先生がふえる。方言を禁じ、日本政府を美化して教え込むだけに、たくさんの本土の先生が派遣されてきていました。私の記憶では、九州各県からの先生がとくに多かったです」

トシさんの進学した先、県立女子師範は、やがて教師になり、子どもたちを導く女性を養成するところ。

政府への忠誠心をかきたてるような授業ばかりがめじろ押しになっていた。

修学旅行にしてもそうだ。一カ月もかけて本土を回った。

お決まりの名所めぐりではない。

ふつうの人は見られない京都御所、二重橋、伊勢神宮、乃木神社などへ案内してもらえた。

乃木大将の邸宅も訪れ、明治天皇のあとを追って自害したときの部屋などを見た。

血潮が黒々とシミになっている天井を見上げて、胸を熱くした記憶も残っている。

「あとで調べてわかったんですが、本土の師範学校でも、こんな修学旅行はしていないんですよ。特別な教育をされていることなど何も知らない私たちは感激して、とくに私のような大バカは、さらに習ったことを強調して子どもたちに教えました」

「それで……教え子たちをたくさん、戦場へ送りました。とりかえしが、つかない……どんなに……わびても……」

トシさんの講演を聴いて、沖縄ことばまじりの迫力ある話に感嘆したことがある。

しっかりした足どりで歩く姿も頼もしかった。

平和のさちばいにと、いつも気負っているその人が、いま目の前で肩をふるわせている。

正視しているのが、つらかった。

「ムヌキーシドゥワガウシュ」

トシさんの口から、こんなことばがもれた。

「物を与えてくれる人が私の主人、という意味なんですよ、奴隷根性とでもいいますかね。私の口からいうのは悲しいことですが、沖縄の人、確かにこういうところあるんです」

物を与えてくれる人が私の主人——。

琉球王府にしぼりとられただけでなく、薩摩からも搾取され、さらに清国にまで貢物をしなければならなかった沖縄。

二重、三重の収奪の仕組みの中で、これが人々の身についた〝処世術〟なのだろうか。自分たちを抑圧しようとする者に対して怒りを燃やすより、媚びることで少しでも生きやすい道を選ぼうとしたのか。

トシさんの話を聞くうちに、神棚の前で神妙な顔をしていた朴生春さんの写真のことをふと、思い出した。


大阪市東区上町二番地に、大阪の女性たちの活動の拠点の一つ、大阪府立婦人会館（作者注・現在は大阪府立男女共同参画・青少年センターとして別の場所に移転）がある。ここがかつて大日本国防婦人会関西本部会館であったということを知る人は案外、少ない。

私がここでさまざまな書類や資料を見せてもらっているとき、一枚の写真が出てきた。もとは緑色だったらしい台紙が、すっかり茶色に変色してしまっている。

写真に写っているのは、一人の中年女性。顔立ちから明らかに朝鮮の人に見えるのに、白いエプロン姿で「大日本国防婦人会」と書いた白だすきを肩から斜めにかけている。後ろは神棚で「天照皇大神」と書かれたお札。両側に日の丸の旗。すぐそばの鴨居には昭和天皇皇后両陛下の写真が掲げてある。

なんとも異様な雰囲気の写真だ。いったい、なんのために撮ったのだろう。私は一緒にあった書類の束の中から、資料になりそうなものを捜し回った。

見つかった!

「会員篤行の件報告」との書き出しではじまる三枚綴りの書類。

それは国防婦人会の吾妻分会(大阪市港区)会員だった朴生春という女性を表彰してはどうかと勧める関西本部あての推薦状だった。

彼女がなぜ、表彰されるにふさわしいのか。

資性純朴温和にして奉公心厚くしかも意思堅確なり。昭和九年はじめて大日本国防婦人会市岡北分会に入り、同十一年吾妻分会に属す。爾後六星霜終始一貫寒暑風雨を厭わず昼夜をわかたず軍隊送迎軍人慰問、並びに金品寄付にいわゆる貧者の一燈なる赤誠をつくし、殊に自宅に祭壇を設け供物献燈皇大神をまつり、聖寿の無窮をことほぎ、あわせて出征将士の武運長久を祈り、忠格謹厳日夜奉仕していささかも倦怠するところなし。観る者みな襟を正し感奮興起す。しかるに生春、長子あるも不幸。これが扶養を受けるを得ざるの事情ありて女婿の許に寓居し老を養い、わずかに裁縫、洗濯などの労銀をもって自用を弁ずる境遇なるにかかわらず、支那事変勃発以来自粛、進んで嗜好せる喫煙肉食を絶ちて節約に努め、また僅少の労銀をとればすなわち貯蓄を励み、あるいは途上遺棄せる古釘類を蒐集するなど、真に零砕なる余剰を捻出して如上特行の資に充つ誠に奇特なりというべし。生春いわく、身は朝鮮の出なりといえども心に皇国の精神を体す。またいわく、妾等安息に日を送り得るはひとえに皇恩の賜なり。更に言う。今次事変は必ず皇軍の勝利を期せざるべからず。謹みて従軍将士に感謝せずして可ならんや、と。その他善行甚だ多し。思うに生春匱乏に処し、しかも朝鮮の出をもってこの稀有の篤行を成するもの志操高潔報恩の念厚く不動の信念神明に通ずるにあらざれば豈もよくこのごとくなるを得んや。むべなるかな会員のために感激しました、ひそかに忸怩たるものあるはけだし生春のごときは世の儀表として推奨すべく洵に懦夫をして起たしむるものというべきなり。右表彰の価値ありと認め写真二葉を付して報告す。

続いて生春の〝善行〟が、箇条書で列挙されていた。

一、途上将士に会えば必ず敬礼す。曰く感謝の念切にして自ら叩頭するに至ると
二、途上紙製国旗の遺棄せられたるものあるやもったいないとしてこれを拾い丁寧にたたみ持ち帰るという
三、居住地付近各家の国旗中、その竿球なきものあるや曰くはなはだ醜し、あたかも軍人の頭部なきがごとしと
　また国旗の樹立不体裁なるものあるときはこれを正すという
四、先年毛布献納の際、唯一枚所有せるものを清洗、差し出せりという
五、戦死者の公報を聞くや線香、果実の類を遺族に贈りて慰問すること度々なりという
六、陸軍病院（日本赤十字社及び金岡）にも度々慰問す
七、興亜奉公日には唯一食を採り、他の二食分の費用を貯蓄に充つという
八、某国婦会員（内地人）近親の入営者を送るにあたり、生春これと同行す時に該会員

洋傘を用う。生春これを制して曰く、傘を用うるなかれ。兵はただ着帽するのみで暑を厭わざるにあらずや、と。該会員その言に従う

九、生春の母病む。生春の娘母に勧めて曰く、関西本部に寄付すべく用意しある貯金の一部を割き見舞金を送りてはいかが、と。生春怒りてその言を拒絶す

一〇、生春の長子、内地人婦人（女給なりという）と婚して以来、漸次疎遠となり目下音信不通なり。ある人、生春に捜索願を出ださしめんとす。生春謝絶して曰く、このごとくんば日本婦人の不名誉を世上に暴露するに至らんと（長子未婚の間、生春に孝養しまた婚後暫くは毎月送金したりという）

見慣れない漢字とかたかな（著者注：原文はかたかなですが、読みやすさを鑑み、かなに改めました）ばかりでタイプ印刷されたこの文章を読みながら、私は深いとまどいを感じないわけにはいかなかった。

一九一〇年（明治四十三年）の「韓国併合」以来、朝鮮の人たちは自分の国の主人であることすらできず、悲哀をなめつくしてきた。

土地調査を名目にした土地のとりあげが日本政府の手ですすめられ、田畑を奪われた朝鮮人たちの多くは、糧を求めてしかたなく日本へ移り住んだ。

安価な労働力であるがゆえに朝鮮人に目をつけた日本の手配師が、甘言をもって誘った。口ぐるまにのせられ、一旗揚げようと夢見てやってきた人々の大部分は、道路、鉄道工事などの筋肉労働者になった。

賃金は日本人労働者の半分くらい。

さらに一九三九年（昭和十四年）には強制連行がはじまる。

この年は、日本で国民徴用令が公布された年でもある。

軍需産業に、大量の人手が必要だった。日本人だけでは、とてもまにあわない。そこで朝鮮からの動員が企てられた。

それも納得ずくでは必要な人数に達しない。

担当者が深夜、拉致してきたり、田畑を耕している人を無理矢理トラックに積み込むなど、まるで人さらいまがいのことをして狩り出した例が少なくなかった。

送り込まれた先は炭鉱、鉱山、発電所など。

推定百万人がこのようにして連れてこられたという。

日本政府は彼らに対し、肉体を酷使したばかりでなく、朝鮮人でなくなることを強要した。

一九三八年（昭和十三年）、それまで学校でわずかに教えられていた朝鮮語の授業がなくなった。

一九三九年（昭和十四年）には「創氏改名」。持って生まれた朝鮮の名を捨て、〝日本人〟にならされた。

そして一九四四年（昭和十九年）には朝鮮人に対しても徴兵令が施行された。

来たくもないのに連れてこられた国で、苛酷な労働に従事し、貧しい生活を強いられ、皇民であることを要求される――。

これで反感をもたない者がいるだろうか。

表面的には従っているように見えても、心の底には秘めた炎があったはずである。

朴生春。
出身地　朝鮮全羅南道光州府
現住所　大阪市港区音羽町三丁目一番地、李石巡方
　　五十八歳

どのような事情で日本に渡ってきた人なのだろうか。

推薦文にもあるように、やはり貧しい。

そんな暮らし向きのなかから、自分のとり分を減らしてまで日本の戦争遂行に協力したことが、正直いってはがゆい。

推薦文の日付は昭和十五年八月二十八日、となっている。

このとき五十八歳だから、いまはすでに亡くなられているだろう。

朴さん自身、あるいは家族の手がかりを求めて、かつての朴さんの家のあったあたりを歩き回った。

昭和の初めからその付近に住んでいるというお寺の住職からも、すぐ隣の町内で「当時、国防婦人会の役員をしていた」という二人のおばあさんからも話を聞いたけれど、なんの情報も得ることができなかった。

国防婦人会は、あらゆる階層の女性たちを次々と会員にしていた。

工場の女工、被差別部落の人たち、カフェーの女給さんや芸者、廓の女たちも例外ではない。『大日本国防婦人会記念写真帖』（昭和十七年六月刊）を見ていて、美しい日本髪姿の女性たちが、白いエプロンとたすきがけのいでたちで、生き生きと兵隊さんの世話をしている写真にぶつかったことがある。祇園、先斗町の芸妓さんたちの分会の様子だった。

何事もない平和なときには、世間から指をさされたり、さげすまれたりすることの多かった女性たち。

日頃つらい目にあっているからこそ、人一倍国に協力する姿勢を見せることで、泥沼からはい上がる夢を見たのだろうか。

苛酷な圧政に苦しめられた沖縄も、やっぱり同じだったのだ。

支配する人々は、支配される人々から金や物だけではなく、心を奪ってしまう。

顔をあげ誇りをもって生きようとする、人間らしい意欲を奪ってしまう。

「亡くなられた評論家の大宅壮一さんがね『沖縄の人にあるのは動物的忠誠心だ』といったことがあるんです。私は、戦争で県民の三分の一も失ってしまった沖縄に向かって何をいうかって、大変ハラをたてましたけど、よく考えてみると、その通りなんですね。日本の政府から、沖縄も〝内地〟だとおだてられると、私たちは内地人だよといばって、より内地人らしくと思いました。そんな気持ち、とくに指導者層に強かったんですよ」

トシさんが住んでいた久米島の山里地区はそんな人たちがかたまっていた。

役場づとめの人、郵便局長、校長先生、教師たち……。

だから久米島に通信部隊が来てからも、この地区の人たちは軍に協力を惜しまなかった。

しかし、そんな忠誠心など、ひとたまりもなく踏みにじられるのだということを、島の人々は知った。

あんなに尽くしたのにもかかわらず、島の住民二十人が殺された。

敵に、ではない。味方であるはずの、日本の兵隊たちにだ。


熾烈を極めた沖縄戦も、一九四五年（昭和二十年）六月二十三日、沖縄方面最高司令官牛島満・陸軍中将が本島南部、摩文仁（まぶに）の丘の洞窟で自らの命を絶ったことで終わりを迎えた。

沖縄本島を占領した米軍は、降伏をせまって周辺の島々に攻撃をかけてきた。

本島の嘉手納収容所には、すでに多数の日本人捕虜が収容されていた。

なかに、久米島出身者が三人いた。

三人は米軍の久米島攻略の計画を耳にはさんだ。徹底的に艦砲射撃を加えたのち、上陸するという。

久米島には戦闘部隊はいない。そんなことをされたら、島の住民は全滅してしまう。

三人は、捕虜という立場も忘れて、艦砲射撃の中止を嘆願した。

三人が水先案内として先頭に立つなら、と米軍の妥協をとりつけることができた。

三人のうち二人は負傷と病気で動けない。

結局、なかの一人が案内に立ち、米軍は久米島に一発の艦砲を撃ち込むこともなく、上陸した。

人々がホッとしたのは束の間だった。

誰一人、思ってもみないことが起こった。〝山の兵隊さん〟たちの手で、住民の虐殺がはじまったのだ。

島は、ふるえあがった。

六月二十七日、上陸した米軍部隊の命令で、山の兵隊たちに降伏勧告状を届けに行った久米島郵便局員が、その場で射殺された。

六月二十九日、区長と牧場主、その家族たち計九人が針金で縛られ、銃剣で刺されたうえ、家ごと焼き払われた。いったん米軍に拉致され、帰された老人を、日本軍部隊に引き渡さなかったというのがその理由だった。

八月十八日、米軍の水先案内人をつとめた捕虜とその家族、計三人が夜中に家で惨殺された。

八月二十日、鍋釜の修理をして歩くいかけ屋の朝鮮人とその妻（日本人）、十歳から赤ん坊まで、五人の子どもたちを含む一家全員が殺された。[注3]

ことに朝鮮人だった具仲会さん（釜山出身）は、島の人々が見守る中、首にロープを巻きつけて引きずり回され、息絶えた。家から家へと回って歩く職業が、スパイと決めつけられたのだ。

銃剣で突き殺された長男の一男君は、トシさんの教え子。その日は一男君の誕生日だった。

「いくら盲信していても、これで目の醒めない者はいません。軍隊というものの正体を、島中がしっかりと見届けましたよ」

久米島に駐屯していたのは非戦闘の電波探信隊だった。それなのに、住民殺害計画表なるものまで作っていた。

「私もその中に入っていたのです。上陸した米軍が家のすぐ近くにいて、よく子どもたちにお菓子や缶詰をくれたんです。私はいやでしたが、子どもは無邪気なもので、すぐ親しくなって。やはり、スパイ容疑でした」

九月七日、山にたてこもっていた部隊は、米軍の前に投降した。こちらは全員、無傷だった。

「あなた方を守りに来ましたなんて、とんでもないこと。日本が負けた八月十五日以降も、島では日本軍による住民虐殺[注4]が続いていたのですよ」

トシさんの声に、力がこもった。


戦後すぐ、トシさん夫妻は悪夢の島を出た。

多くの教え子を戦場に送って散らせてしまった。いま生まれ変わって、ゆるがぬ平和を築くための教育をする以外、つぐないの方法はない。

願い出て、辺地の学校に赴いた。

沖縄本島でもいちばん不便だった東海岸のヤンバルで、教師としての再スタートをきった。

今度は平和のさちばいとして——。

注1　一八七九年（明治十二年）三月、明治維新政府は琉球の支配者国王尚泰（しょうたい）に首里城の明け渡しを命じ、琉球王府を廃止した。それまでの長い間、薩摩藩に隷属し、お隣の清国にも進貢するな

どしながらも独立国として存在していた琉球は、以後、日本の一県として明治政府の支配下に組み入れられた。

注2　日清戦争のときに反日派の人々に愛唱されたことば「トウ　マ　サシガサ、ヤマトー　ンマヌ　チマグ、ウチナー　ヤ　ハアイ　ヌ　サチ」（唐は差し傘、日本は馬の蹄、沖縄は針の先）は、中国と日本と沖縄の立場を表したことわざ。大国である清が、小国・日本を負かすに違いないという意味だが、その裏には「針先」ほどの沖縄に対して二つの国がとってきた歴史的な対応、中国の寛大、ヤマト（日本）の偏狭と苛酷を皮肉まじりにうたったもので、両国に対する沖縄人の親近感がにじみ出ているという（新川明著『琉球処分以後（上）』）。

注3　計二十人の島民が殺された「久米島住民虐殺事件」は、一九七二年（昭和四十七年）、本土復帰の直前に、当時の部隊長、鹿山正・元少尉の居所が確かめられたことから波紋をひろげた。鹿山元隊長と、被害者の遺族とのテレビ対談も放映された。上江洲トシさんも久米島出身者として同席し、鹿山元隊長の「島民の日本に対する忠誠心をさらに強固なものにするために、日本軍人として当然のことをしたまで。悪いのは私ではなく、そういう私をつくった教育だ」という発言にショックを受けたという。

復帰を目前にして、沖縄出身の国会議員が国会で国の戦争責任を追及したが、誠意ある回答は得られなかった。

一九七六年（昭和五十一年）、遺族と支援者たちは、国家賠償と謝罪を求めて、東京地裁に訴えを起こした（久米島訴訟）が、「なじまぬ」との理由で玄関払いをくった。

注4　沖縄戦の特色の一つは、旧日本軍による住民殺害事件が頻発していることだ。住民からの体験を公募してまとめた『沖縄県史』『那覇市史』『沖縄の慟哭』などには、日本軍による壕からの追い出し、食糧強奪、スパイ容疑による住民の斬殺、自決強要など、旧軍に対する告発の手記が数多く登場する。

復帰直前、「戦争責任問題委員会」（教員、公務員、沖縄キリスト平和を守る会、琉球政府、那覇市歴史編さん室など加盟）と「戦争犯罪究明委員会」（沖縄県教職員組合を中心に組織）が現地調査した結果、推定で十九件、計七百八十人にのぼる住民が、旧日本軍の手で殺されたことがあかるみに出た。しかし、地元沖縄では、これはまだ氷山の一角にすぎないといわれている。

重荷――あとがきにかえて

「うちの一族だけ、誰も死んでないんですよ。父は戦争に行ってて島にはいませんでしたけど、祖母も伯母も、そして祖母の弟の一家も――」

私の目をのぞき込むようにして、源啓美(ひろみ)さんは一気にいった。沖縄の人独得の黒い目が、強い光を放っていた。

啓美さんは、一九四八年（昭和二十三年）生まれ、那覇市にある民放のラジオ局の営業部で、コマーシャルをつくっている。

Tシャツにジーパン、化粧気のない顔。無雑作に束ねた長い髪は、琉球舞踊を踊るときには見事な真結(まゆい)に結い上げられるはずだ。

親が戦争の体験を話しても「フン、フン」と聞き流す。

三年間通った沖縄本島の普天間高校は、すぐ近くに米軍基地があった。それでも別になんとも感じなかった。ノンポリの戦後っ子であった。

ところが五、六年前、何気なく手にとった一冊の本が、啓美さんにとんでもない宿題を置いていったのだ。島のことが書いてあるんだって、と読みはじめた曾野綾子の『ある神話の背景』。

それは思いがけず、啓美さんの一族の秘密をのぞかせた。

啓美さんのふるさと、沖縄・渡嘉敷島は、いまは美しい観光の島。しかし、太平洋戦争終結直前に、住民たち三百人余りが集団自決したところとして知られている。

当時、赤松嘉次大尉率いる海上挺進第三戦隊がこの島に駐屯していた。人間魚雷を装備する海上特攻隊である。

敗戦が決定的となった大混乱のなかで、住民に集団自決をせまったのは〝神話的悪人〟として記録されている赤松隊長かどうか——。

曾野さんの小説は、この謎に挑んだものだ。


読み進めるうち、啓美さんは登場人物の一人が妙に気にかかり出した。

赤松隊と集落の人たちとの連絡係をつとめていたという島の女子青年団会長。これはどう考えても父の姉、啓美さんからは伯母にあたる人にちがいない。

啓美さんもとくにかわいがってもらった、大好きな伯母だ。

島で、古くからたった一軒、旅館を営んできた祖母に、夢中でたずねた。

「おばあちゃん、おばあちゃんはどうしてあのとき、みんなと一緒に死なずにすんだの？」

祖母の顔が、みるみるこわばった。

「いまごろ……何をいうのさ。もう忘れたよ」

よそよそしくいうと、視線をはずした。

以来、折をみてはこの問題をもち出してみたが、決まって返事は「もう忘れた」であった。

黒いシミのように、抱き続けていた疑惑。それはしだいに大きくふくれあがった。

『あのときも伯母が赤松をかくまったのでは——』

あのとき——。それは島中が大揺れに揺れた出来事だった。戦後二十五年たったとき、誰からともなくいい出して、島の有志が赤松・元隊長を島の慰霊祭に招くことになったのだ。島では自決命令の責任者として恨みを抱いている者も少なくなかった。反対派は船着き場に集まって、赤松・元隊長に一歩も島の土を踏ませなかった。那覇に戻った赤松・元隊長の足どりが、そこでふっと消えた。

かつて赤松隊長の恋人とささやかれていた伯母が、那覇市に住み保育園の園長をしていた。

戦後まもなく、この伯母はまるで逃げるように島を出た。

連絡係なら、赤松隊の内部にもかなり精通していたのにちがいない。

もしかすると村人たちに対する集団自決への動きを事前に察知して、自分の家族だけは集合場所へ行かせなかったのではないだろうか。

この話になると口の重い祖母が、たった一度だけこうもらしたことがある。

「あの日、誰かが呼びに来たよ。でも絶対、出ちゃいけないっていわれていたからね」

伯母は戦後しばらく大阪で暮らし、やがて那覇へ戻ってきた。しかし、那覇とは目と鼻の、渡嘉敷島へは決して帰ろうとしない。

啓美さんは高校を出てすぐ、いまのラジオ局に入った。初めは報道部だった。

六月がめぐって来るたびに（沖縄では六月二十三日が慰霊の日）、沖縄戦の証言を聞いて回り、番組をつくった。

仕事を通じて、戦争というものの実相に触れた。

それからは、むさぼるように周囲の人たちから戦争体験を聞いた。

母と、母方の祖母は、本島での集団自決の生き残りだった。

一本の手榴弾で十数人が円陣を組み、自決を図った。

祖母は片目と足の指をなくした。

死に切れなかった母は、崖から身を投げた。引き潮で、浜に打ちあげられたところを米兵に助けられた。

日赤病院で助産師として元気に働いているが、偏頭痛に悩まされている。レントゲンをとってわかったのだが、頭に二百以上の手榴弾の破片が、いまでも入ったままなのだ。

二度とくりかえしたくない——。

啓美さんの口から出たそのことばは、ひたひたと私の心にも浸みとおってきた。


沖縄の女性たちの間で、新しいうねりが起こっている。沖縄を訪ねて、肌で感じた。

一九八一年（昭和五十六年）一月以来、定期的に開かれる「戦争を許さない女たちのつどい」などもそのひとつ。

「沖縄の女性史をひらくつどい」という集まりもある。

上江洲トシさんも源啓美さんも、メンバーだ。

教師、公務員、学生、主婦……。立場も世代もちがう女性たちが集まって、「なぜ、あの戦争に加担してしまったのか。ただ被害体験を語るのではなく、その仕組みを明らかにしていこう」と毎月一回、話し合いを続けている。

いちばん被害がひどかったところで、そして現在もなお、日本の米軍基地の七〇%をかかえているこの沖縄で、戦争に対するこんな見直しがはじまっていることに、私は心をうたれた。

啓美さんは、戦争につながるいっさいのものを日常生活から追い出して生きようとしている。時のあまりに速い流れのなかで、それはどんなにつらい作業だろう。

自衛隊員と婚約した友だちと、縁を切るべきかどうか――。

「悩み抜いているの」この友はいう。

六年前の海洋博の年。啓美さんの属する琉球舞踊研究会の発表会のテーマは「めんそーれ、海洋博」だった。

どうしても舞台に立てない。海洋博には賛成できないから、と自分の意志を貫き、先生にあきれられた。

夕暮れの那覇上空から見た沖縄は、ひっそりと碧いもやのなかに沈み、美しかった。

沖縄の女性たちの戦争への想いを聞きとる仕事を終えて、私はぐったりと疲れていた。

ここでは、本土とは比較にならない重さで、戦争が人々のなかに息づいている。

戦争を知らないはずの、私と同世代の人たちにさえ。

「いつか、私自身の手で、私の一族の秘密のベールをはがしたい。どんなに痛くても、そうしたい。でなければ、前向きに生きていけない……」

啓美さんのつぶやきが、どこまでも私を追いかけてきた――。

＊本書は一九八二年、冬樹社刊行の同タイトル書籍を一部改稿・加筆した新装版です。

＊今日の状況に照らし合わせ不適切と取られるような表現や、現在とは地名などが異なる記載もありますが、執筆当時の時代背景を正しく伝えるために必要と判断したものは、原文のままといたしました。

川名紀美（かわな きみ）
1947年生まれ。ジャーナリスト。70年に朝日新聞社入社。大阪本社学芸部、社会部、95年から論説委員。社会福祉全般、高齢者や子ども、女性の問題に関する分野の社説を担当。2009年、朝日新聞社退社。著書に『密室の母と子』（潮出版社）『親になれない―ルポ・子ども虐待』（朝日新聞社）、『井村雅代 不屈の魂』（河出文庫）などがある。

女も戦争を担（にな）った～昭和の証言～

2023年 8 月 20 日　初版印刷
2023年 8 月 30 日　初版発行

著　者　川名紀美

発行者　小野寺優
発行所　株式会社河出書房新社
〒151-0051　東京都渋谷区千駄ヶ谷2-32-2
電話 03-3404-1201（営業）　03-3404-8611（編集）
https://www.kawade.co.jp/

印　刷　精文堂印刷株式会社
製　本　加藤製本株式会社

Printed in Japan
ISBN978-4-309-22895-2